講談社文庫

5分後に意外な結末

ベスト・セレクション

桃戸ハル 編・著

講談社

目次

赤くなったリトマス紙　7
琥珀の中の命　22
食糧問題　31
隣に住む殺人鬼　37
あの日を思い出して　52
鬼のツノ　63
補聴器　73
そのときまで　83
見送る背中　90
ロボットの銀行強盗　102

失敗したキューピッド　109
待つ人　124
呪いの指輪　137
思い出の絵　145
密室ゲーム　157
有能なアルバイト　174
毎日が記念日　183
侵入者たち　194
生と死の間で　203
葉桜と魔笛　215
医者と患者　223
閻魔《えんま》大王の裁き　229

5分後に意外な結末

ベスト・セレクション

桃戸ハル 編・著

講談社

赤くなったリトマス紙

日浦知香《ひうらちか》が目覚めると、そこはリビングのソファだった。ソファから身を起こすと、とたんに鈍い頭痛に襲われる。「あたた……」と頭を押さえた知香は、自分が昨日の洋服のままであることに気づいた。

「あー……また、やっちゃったか……」

化粧も落とさず、ソファで寝てしまったせいでガサガサになった肌を、知香は両手でおおった。しかし、嘆いているのは肌のことではない。知香が後悔しているのは、昨夜の記憶がないことである。いつ、どうやって帰ってきたのかさえ、まったく憶えていない。

鉛を詰めこまれたような頭の痛みと重さに、知香が顔をしかめていると、忙しそうな足取りで母親がやってきた。

「もう、知香！　いいかげん、ソファで寝るのやめなさい！　ほら、早くしないと遅れるわよ」

「はぁい……」

母親に返事をすると、自分の声で、またズキンッと頭が痛んだ。学習能力のなさすぎる自分を、いましめる痛みだ。

お酒を飲みすぎた次の日は、記憶がなくなっていることがある。しかも、知香の場合はその頻度が高く、まわりから心配されるほどだ。お酒に強くないことは自覚していて、自制しようとも思っているのだが、いざ飲み始めると楽しくなってしまって、ついつい飲みすぎてしまう。

今のところ大学の友人たちに迷惑をかけたことはないようだが――少なくとも、友人たちからクレームをつけられたことはない――そのうち、取り返しのつかないことをしでかしてしまうんじゃないだろうかと、じつは気が気ではない。

だったら、もっと気をつけろって話なんだろうけど……。

三蔵法師《さんぞうほうし》がお経を唱えると、悪さをした孫悟空《そんごくう》の頭にはまった金の輪っかがギリギリとしまったというが、そのときの痛みは、こんな感じなんだろうか。そんなことを思いながら、知香は大学に向かう準備を始めた。

「……ん？」

見慣れないものの存在に気づいたのは、カバンを開けたときだった。雑に折りたたまれたノートの切れ端のようなものが入っている。

身に覚えのない紙を手に取って開いた知香は、その瞬間に目を見開いた。そこには、赤いマジックで大きく、暴力的な文字が書き殴られていた。


『おまえの罪を忘れるな』


「どういう、こと……？」

頭痛も忘れて、知香は謎のメッセージに見入った。乱暴な文字が、むき出しの悪意を向けてきた。

朝起きると謎めいたメッセージが届いていたなんて、まるで、私が好きなミステリー小説みたい。だけど、このメッセージを残した犯人は、大きな間違いを犯した。私は、「被害者」になんかなるつもりはない。だって私は、探偵に憧れてるんだから。

——絶対に、真相をつきとめてやるわ。

そう決意して、知香はメッセージをにらみつけた。

このメッセージは、間違ってカバンに紛れこんだのではない。明らかに、誰かに入れられたものだ。だとしたら、いったいどこで誰に入れられたのだろう。もしかしたら、記憶をなくしている時間にヒントがあるかもしれない。だとしても、「おまえの罪」ってどういうこと？

そこまで考えたところで、またズキンと頭が痛んで、知香は思考を一時停止した。

学生食堂の喧騒《けんそう》が、知香の意識を現実に引き戻す。この喧騒のなか、知香は、ある人物を待っていた。それは、推理から導き出した、真相へのヒントを握っているかもしれない人物である。

「日浦、大丈夫か？」

眉間《みけん》を押さえていた知香は、その声に顔を上げた。そこには、知香が呼び出した佐《さ》久間《くま》裕一《ゆういち》が、心配そうな表情で立っている。

「あ、急にごめんね、佐久間くん」

「それは、別にいいんだけど」

ラーメン鉢ののったトレイをテーブルに置きながら、裕一が、知香の正面に座る。

裕一は知香と同じ大学三年生だが、大学受験をしたのが二年遅かったので、年齢は知香の二つ上だ。年上で背が高く、強面《こわもて》のため、なかには裕一に萎縮する同級生もいるようだが、知香は裕一と知り合って、「人は見た目で判断してはいけない」という、当たり前の教訓を得た。

一年生の冬、授業の「グループワーク」で同じグループになったのがキッカケで知り合い、そのとき、手際の悪い知香を裕一は助けてくれた。それ以降、何かと一緒にいることが多い。

今日、裕一を呼び出したのは、昨夜の記憶がない時間帯、一緒にいたのが裕一だったからである。昨夜、授業の課題について話し合うために、裕一と居酒屋へ行ったことは憶えている。

ただ、そのあとのことが――

「ところで、昨夜、ちゃんと帰れた？」

ラーメンをすすりながら裕一がよこしてきた質問に、知香はこめかみを押さえた。

「うん、それは平気。でも、なんか昨夜の記憶がなくて……」

自分の頭を小突きながら答える知香に、裕一が「ええ、また？」と目を見開いた。

「途中までは、なんとなく憶えてるんだけど、どうやって家に帰ったとかは、ぜんぜん……。でも、今日、佐久間くんと話したかったのは、そのことじゃないの」

「え……なに？」

「じつは、今朝起きたら、カバンにこんなものが入ってた」

知香は、カバンから取り出した紙を、裕一の前に差し出した。そこには、ひどくイビツな文字で、あのメッセージがしたためられている。さっと視線を走らせた裕一が、箸を止めて表情を曇らせた。

「これ……」

「ぜんぜん覚えがないの。もし飲んでたときに何かあったんだとしたら、佐久間くん、わからないかなぁと思って、それで来てもらったのよ」

机に広げられたメッセージをじっと見下ろして、裕一がノドを鳴らす。今度は知香が、そんな裕一をじっと見つめた。

「どう？　何か知らない？」

「……さぁ。俺は、何も」

首をかしげた裕一が、眉間にシワを寄せる。その表情に、知香は肩を落とした。

「そっかぁ、佐久間くんにもわからないのか……」

「なんか、日浦の好きなミステリー小説みたいだな」

まさに今朝、このメッセージを見つけたときに知香が思ったことと同じ言葉を、裕一が口にする。これを「事件」とするのなら、解決の糸口になるのは動機だ。それがわかれば、おのずと犯人もわかるだろう。

「私、誰かに恨まれてるのかな。それとも、おどされてるのかな。『おまえの罪を忘れるな』って書いてあるけど、まったく身に覚えがないの。犯人が、私を誰かと間違えてる可能性もあるわね。ノートをちぎって、文字を書き殴ってカバンに入れるなんて、計画性のある犯行ではなさそうだけど」

だんだん推理モードになっていく知香を、裕一がラーメンを食べながら見つめる。

その視線に気づかない知香は、謎のメッセージを凝視していた。警察なら指紋を採取するのだろうが、あいにく自分は素人だ。ならば、目に見えるものから犯人を特定するしかない。この紙や文字に、犯人につながる手がかりはないだろうか。

紙はノートの一ページのようで、横に罫線が入っている。文字が書かれているのは片面だけ。赤いマジックで書かれているが、乱雑な筆跡に覚えはない。文字そのものには、犯人を特定する材料はなさそうだ。そうなると、手がかりは紙のほうか。

「……ん？」

穴が空きそうなくらい紙を見つめていた知香は、ふと、あることに気づいた。おもむろにカバンに手を伸ばすとペンケースを取り出し、中から鉛筆を引っぱり出す。それを机とほぼ平行になるように倒して持ち、シャシャシャっと、軽く芯を紙にこすりつけ始めた。

「日浦？　何してんの？」

「いいから見てて」

裕一の言葉を切り捨てるように短く返し、知香は鉛筆の芯で紙をこすり続けた。

やがてそこに、うっすらと、白い文字が浮かび上がる。それを見て、知香は勝ち誇ったように唇をつり上げた。

「やっぱり。筆圧が強くて、前のページに書いた文字どおりに、このページもへこんだのね。こうすると、文字が浮かんでくる。これは犯人につながる大きなヒントよ」

見て、と、知香は鉛筆でこすった部分を裕一に指し示した。

筆圧でへこんだ部分が白く浮かび上がった文字は、うっすらとではあるが、「10月2日　20時　日浦とイサ屋」と読めた。「イサ屋」というのは、昨夜、知香が裕一と行った居酒屋である。日付と時刻も一致している。

「これ、どういうこと？　佐久間くん」

詰問口調で、知香はラーメンを食べ終わっていた裕一のほうに身を乗り出した。

「私との昨日の約束をメモしたものでしょ？　ということは、この紙は、佐久間くんのノートから切り取られたものっていうことになる。佐久間くんのノートを調べれば、一発でわかるよね。こっちの紙の切り口とピッタリ合う、破ったあとが残ってるんじゃない？」

どう？　と、さながら名探偵のような得意げな表情で、知香が言う。見つめられた裕一は、しばらく無表情のまま黙っていたが、やがて、小さなつぶやきをもらした。

「それは、リトマス紙だよ」

「リトマス紙？　なに言ってるの？　ただのノートの切れ端じゃない」

「そう、俺のノートだ。もう、いいか……けっこう短時間でバレるもんだな。さすが、ミステリー好きだ」

「どういうつもり!?」

あっさり「犯行」を認めた裕一に、知香は鋭いまなざしを向けた。

「『おまえの罪を忘れるな』なんて意味深なメッセージを残して、何なの？　私の何が許せないの!?」

厳しい口調で問いつめると、「おいおい……」と裕一が、あきれとショックをないまぜにした表情になった。

「それは聞き捨てならないなぁ。まあ、それだけ今回も見事に記憶がなくなったってことか」

「なに、どういうこと？」

ひとりで納得している様子の裕一に、知香は、軽いイラ立ちがこみあげてくるのを感じた。こっちはまだ頭痛も治まっていないというのに。

知香が再び詰め寄ろうとしたとき、裕一が、思わぬ言葉を口にした。

「これはぜんぶ、日浦が言いだしたことだよ」

「え？」

「だから昨夜、イサ屋で……」

そのあと裕一が語ったことは、知香の記憶にないことだった。

――これはぜんぶ、昨夜の居酒屋で知香が言い出したことだ。

そのとき、すでに知香はだいぶ酔っているように見えた、と裕一は証言する。

「あぁー、ミステリー小説みたいなことが、現実に起こったらいいのになぁ」

「『ミステリー小説みたいな』って、たとえばどんな？」

「そうねぇ……。えっとね、まず、謎の事件に巻きこまれるの。それで、私が探偵になって、その謎を解明するの。ほら、素敵じゃない？」

それが「素敵」なことなのかどうかは裕一にはわからないが、知香になら、そのミステリーを疑似体験することができると思った。

「じゃあ、俺が謎のメッセージでも書こうか」

「佐久間くんが？　ダメよぉ、それじゃあ、意味ないじゃなーい。犯人が佐久間くんだって、もうわかっちゃってるもーん」

「でも、日浦は、たぶん今夜のことを忘れるだろ。ソイツのせいでさ」

そう言って裕一は、知香の手もとにあるお猪口《ちょこ》のほうに、あごをしゃくった。ビールを日本酒に切り替えて何杯飲んだのか、もう裕一にもわからない。裕一は酒に強いほうだが、そうではない知香は、すでに記憶を明日に持ち越すことのできる限界を超えているように見えた。実際、先ほどから知香の言葉は、語尾が伸びがちになっている。かなり酔っている証拠だ。

それを裏づけるように、「たしかに！」と裕一を指さして、知香は大声で笑った。

「私、酔うと記憶なくすもんねー。その『特技』を何かに活かせないかなぁって、ずーっと考えてたの。佐久間くんのそれ、いいアイデアだよ！　あ、そっか！　これからミステリー小説を読むときは、お酒を飲みながら読めばいいんだ。そしたら結末を忘れて、何度でも楽しめるよねー」

私、天才じゃなーい？　と、知香が気持ちよさそうに胸をそらす。それを見て、裕一はたまらず苦笑した。

「もう、だいぶ酔ってるな。よし。今ここで、俺が謎めいたメッセージを書いて日浦のカバンに入れたとしたら、きっと明日の日浦は今ここで会話したことを憶えてない。そうすれば、ミステリー的状況は作れるけど、試してみるか？」

おそらく、酔った頭では深く考えることも面倒だったのだろう。「いいねー！」とテンションの高い声で言った知香が、おどけて親指を立ててみせた。

こうして、裕一は自分のノートからページを一枚ちぎり取った。

「――と、いうわけだ」

タネ明かしを終えた裕一を、知香は唖然《あぜん》として見つめた。まったく憶えていないが、酒を飲むと記憶が飛ぶ自覚はあるし、裕一がこんなことでウソをつくとは思えない。それに、「ミステリー小説みたいな事件に遭遇したい」というのは、知香がいつも抱いている願望だ。

「本当に、私が言ったんだ……」

うん、という裕一の答えはシンプルなもので、だからこそ信憑性《しんぴょうせい》があった。

「お、お騒がせしました……」

「どういたしまして」

殊勝に頭を下げた知香に、裕一が眉ひとつ動かさずに返す。裕一が淡白な態度だからこそ、知香の胸には気まずさがじわじわと広がっていった。勝手に騒いで、勝手に裕一を犯人扱いして、「私の何が許せないの!?」なんて、我ながらさすがにひどい。

「ご、ごめんね、佐久間くん！　じゃあ私、次の授業に行くから！」

「え、おい!?」

腰を浮かせかけた裕一に、もう一度「ごめんね！」とだけ残して、知香はその場を立ち去った。「自分は被害者じゃなくて探偵だ」と思っていたら、「真犯人」だった。まったく、なんという事件だったんだろう。

知香の背中が消えてから、はぁ……と裕一はため息をついた。空になったラーメン鉢の中に、そのため息が落ちる。

「あれじゃあ、憶えてなさそうだな……」

もう一度、先ほどよりも深いため息を落として、裕一はテーブルにつっぷした。

昨夜、裕一が、授業の課題を口実に知香を誘って二人の時間を設けたのには、理由があった。それはもちろん、ミステリーごっこをするためではない。ああなったのは想定外のことであり、裕一は、たまたま起こった流れを利用したに過ぎなかった。

——昨夜、裕一は思いきって知香に告白したのだ。

酒の場ではあったが、誓って、告白はふざけたものでも、ウソでもなかった。裕一はずっと知香に想いを寄せていた。しかし、なかなか告白する勇気を出せなかったので、アルコールの力を借りようと思ったのだ。

そして、信じられないことに、知香は裕一の告白に対して「イエス」の返事をくれたのである。それも、なんのためらいもなく、即ＯＫである。

そのときの、「いーよー」というあまりにも軽い知香の返事が、裕一をたまらなく不安にさせた。このとき、すでに知香は出来上がっていたからだ。

もしかすると、知香は酔っているから、告白を受け入れてくれたのかもしれない。明日になれば、知香は、裕一が告白したことも、自分がＯＫしたことも忘れるんじゃないだろうか。

ますます不安になった裕一が正直にそう尋ねると、知香は「だーいじょうぶだって！　そんなこと、あるハズなーい！」と、ぜんぜん大丈夫じゃなさそうに親指を立ててみせた。

しかし、あとから、「昨日きみに告白して、ＯＫもらったんだけど、憶えてる？」と聞くのも、間の抜けた話である。だから裕一は、「ミステリー小説みたいなことが起これればいいのに」という、知香の戯《ざ》れ言《ごと》にのったのである。居酒屋で、知香の見ている前で謎のメッセージを書き、それを彼女のカバンに入れた。今日会ったとき、知香が、「これ、昨夜話してたやつだよね」とでも言ってメッセージを持ってくれば、告白の件についても憶えている可能性が高いと考えたのだ。

――あれは裕一にとって、知香の「イエス」をたしかめるためのリトマス紙だった。だから今日、大学に着いて、知香からメールが届いたときは、心臓が口から飛び出るかと思った。はたして、彼女は昨夜のことを憶えているのか、いないのか、と。

結果、知香はメッセージのことをすっかり忘れて推理を始め、こともあろうに裕一を犯人扱いした。そして彼女の態度から、告白のこともきれいサッパリ忘れているのであろうことが、よくわかった。

「つたくもう……。告白から、やり直しかよぉ……」

子どもを泣かせるほどの強面を、情けない半泣き顔にして、ふたたび裕一はテーブルにつっぷした。

今度は、知香が酔っていないときに告白しよう。しようがない。アルコールの力を借りないと告白できなかった自分が悪かったのだ。

（作　桃戸ハル・橘つばさ）

琥珀の中の命

少年にとって、コハクは家族だった。幼いころ、両親と一緒に出かけたブリーダーの犬舎で金色の毛並みの子犬を見つけ、その子犬を家族にしたいと両親に頼みこんだのだ。

名前を「コハク」にしたのは、父親が「この子の毛並みは、琥珀みたいな色だ」と言ったからだ。そのとき少年は、「琥珀」がなんなのかを知らなかったが、父親が琥珀の写真を見せてくれた。琥珀は樹脂が化石化した宝石だそうだ。父親が見せてくれた、その写真の琥珀の中には、小さな昆虫がそのままの姿で閉じこめられていた。

「たしかに同じ色だ」と少年は思った。そのとき、メスの子犬はコハクになった。

少年とコハクは、兄妹のように育った。公園に遊びにいけば、父親が投げたボールをめがけて競走し、母親に叱られたときは一緒にすねて、父親に絵本を読んでもらいながら並んで眠りについた。コハクは家族であり、かけがえのない親友だった。

そんなコハクが重い病気にかかっているとわかったとき、最初、少年は信じなかった。けれどもコハクが日に日に弱り、少し歩いただけでも息を切らしてへたりこんでしまう姿を見て、少年は嫌でも理解しなければならなかった。コハクの命が、もう、わずかしか残されていないことを。

しかし、頭で理解しようと思っても、それはとうてい、受け入れられることではなかった。家族と親友を一度に失うことになるのだ。少年は毎日、泣き続けた。泣いてコハクが元気になるなら、一生分の涙を流してもいいと思いながら。

ある夜、泣き疲れて眠りに落ちた少年は、そこで恐ろしいものと出会った。それは、悪魔のような姿をした、不気味な存在だった。

「おまえの犬の命を救ってやってもいいぞ」

悪魔はニヤリと笑うと、真っ赤な口を開けて、そう言った。口の中と同じ真っ赤な目には瞳がなく、見すえられた少年はぶるりと体を震わせたが、恐怖よりも、願いのほうが勝っていた。

「コハクを助けてくれるの？」

すがるような少年の言葉に、悪魔はもう一度、ニヤリと笑った。

「ああ、そうだ。そのかわり、条件がある」

「じょうけん……？」

「犬の命は、別の命と引き換えだ」

悪魔の言葉を少し遅れて理解した少年は、改めて恐怖を覚えた。

「それって、コハクを助けるかわりに、僕が死ななくちゃいけないってこと？」

おそるおそる口にした言葉を、しかし悪魔は否定した。

「いや、おまえの命ではない。引き換えにするのは、おまえが知らない誰かの命だ」

「僕が、知らない、誰か……？」

「犬の命を助けるかわりに、おまえが顔も名前も知らない人間がどこかで死ぬということだ。それでも、犬を助けてほしいか？」

少年は考えた。コハクのかわりに、誰かが死ぬ。人間の命とコハクの命を引き換えにしても、いいのだろうか。

しかし、そう考えたのは、ほんの一瞬だけだった。死ぬことになるのは、自分の知らない誰か。ということは、お父さんでもお母さんでも、小学校の友だちや先生でもない。テレビに出ている有名人も、知り合いではないけれど「顔も名前も知らない人間」ではないから、きっと違う。だったら、と、とたんに気持ちが軽くなった。

「コハクを、助けてください」

瞳のない赤い目が、楽しげに光ったような気がした。

「誰かの命を引き換えに、犬を助けることを選ぶか」

「だって……僕の知らない人なんでしょ？　僕の知らない人か、コハクなら、僕はコハクのほうが大切だ」

だからコハクを助けて、と、もう一度少年は悪魔に懇願した。「いいだろう」と、悪魔が歌うように答える。

「誰よりも大切な犬の命を、救ってやろう」

その言葉を最後に、悪魔は真っ黒な煙になって、目の前から消えた。


少年は、ハッと目を開けた。そこは自分のベッドの上で、カーテンからこぼれる朝陽が顔を照らしていた。

今のは、夢だったのだろうか。夢にしては、悪魔の姿や言葉が生々しく記憶に残っている。コハクに生きていてほしいと願うあまりに見た、幻だったのだろうか。

そんなことを考えながら少年はベッドを出て、リビングに入った。その瞬間、足に何かがぶつかってきて、危うくうしろにひっくり返るところだった。驚いて体勢を立て直し、足もとを見た少年は、叫びそうになった。

「コハク?」

しっぽを大きく左右に振りながら、少年のひざにつかまるようにして後ろ足で立ち上がったのは、少し歩いただけで苦しそうに息を切らしていたはずのコハクだった。母親と一緒に、動物病院へコハクを連れていくと、獣医はわけがわからないというように首をひねっていた。コハクの体を蝕《むしば》んでいたはずの病は、完全に消え去っていたのである。

神様の奇跡としか言いようがありません……と、獣医がつぶやくのを聞きながら、神様ではなく悪魔のおかげかもしれない、と少年は思った。神様でも悪魔でも、なんでもかまわない。コハクの命が助かったのだから。

それから、二十年が経った。コハクは、もういない。あのとき奇跡的に快復したコハクは、その後は病気をすることも、ケガをすることもなく天寿をまっとうし、安らかに、永い眠りについた。大人になった少年はその後、結婚し、ほどなくして妻の妊娠がわかった。産婦人科で見せてもらった超音波検査の画像には、拍動する小さな心臓が映っていた。

妻の胎内に別の命が宿っている。それは、いつか父親に見せてもらった、昆虫の命を閉じこめて宝石になった、琥珀のようだと思った。もしかしたら、生まれてくる子はコハクの生まれ変わりなのかもしれない。

それだけではない。コハクは、ほかにも大切なものを残してくれた。治らないと思われた病を克服したコハクは、子犬を産んだのである。さらに、その子どももまた子犬を産み、今はコハクの孫世代になっている。コハクの孫の二匹のうち、琥珀色をした一匹を、少年は結婚後の新居で飼いはじめたのだ。

今、大人になった少年は、大人になった三代目のコハクとともに、新しい「家族」を作っている。

あのとき出会った悪魔が夢だったのか幻だったのか、それとも本当にコハクの命を救ってくれたのかを知る術は、少年には——男には、ない。ただ、今の暮らしのなかには、愛する妻、生まれたばかりの娘、そして、コハクの血を継ぐ愛犬との幸せがある。それだけで満足だった。

三代目のコハクは母犬に似て、子どもが大好きで、よく娘の様子を見てくれている。娘は最近、寝返りを覚えたばかりだから、公園でこの犬《こ》とかけっこすることはまだしばらく先の話だろうが、泣いている娘を三代目のコハクがあやすようになめたり、寄り添い合うように眠っていたりする様子は本当の兄妹のようで、そのたびに男は、かつての自分とコハクを思い出す。

やはりあのとき、コハクの命が救われるようにと願った自分は正しかったのだ。

自分が手に入れた幸福を、家族を、男は心から愛していた。


ある日曜日、妻が買い物に出かけている間、男はいつものように娘を寝かしつけていた。気配で察したのだろう三代目コハクがゆっくりと歩いてきて、娘の真横に並んで身を伏せる。いつもと同じ光景に男は微笑むと、愛娘が深い眠りについたところで子守を愛犬に任せ、身を起こした。妻が帰ってくるまでに洗濯物を取り入れて、たたんでおこうと思ったのだ。

太陽のにおいをいっぱいに吸った洗濯物をたたみ終わって、男は一度、娘の様子を見に向かった。泣き声はしないので、きっとまだよく寝ているのだろう。寝かしつけたリビングをのぞくと、床に敷いた赤ちゃん用の布団の上で、寝返りを打った娘が横向きになって眠っていて、よほど感触が気持ちいいのか、顔を愛犬の体にうずめていた。愛犬はイヤな顔ひとつせず、むしろ心地よさそうに、祖母犬譲りの背中の毛並みを上下させながら眠っている。

そこで、男は違和感を覚えた。

眠りの際のゆっくりとした呼吸に合わせて、犬の背中が膨れたり沈んだりを繰り返しているのに――娘の小さな体は、微動だにしない。

「……マヤ?」

娘の名前を口にしながら、男はその小さな体に触れた。赤ん坊の体は白く、やわらかく、あたたかい。よく眠る子で、一度眠ればとても静かな子だったが――今ばかりは、不自然に静かすぎる。

「マヤ? どうした、マヤ!?」

ゆさゆさと揺れる赤ん坊の体は、やわらかい。ぐにゃぐにゃとした人形のように、どこにも力が入っていない。

「マヤ! 目を開けてくれ、マヤ!」

その声に目を開けたのは、娘ではなく、愛犬のほうだった。今さっきまで、自分の腹に赤ん坊が顔をうずめていたことにさえ、気づいていないのかもしれない。いや……赤ん坊の顔に犬のほうから腹を押しつけたのか。何が起こったんだと男が尋ねても、言葉を話せない愛犬は、きょとんとした様子で真っ黒な瞳を向けてくる。

不意に男は、それとは対照的な目を思い出した。瞳のない、血のように赤い目のことを。

……

——犬の命を助けるかわりに、おまえが顔も名前も知らない人間がどこかで死ぬ

今でも、はっきり憶えている。二十年前に現れた赤い目は、笑いながら、そう言ったのだ。

あのときは、顔も名前も、知っているわけがない。将来、生まれてくることになる、自分の子どものことなんて。

——あの悪魔が言っていたのは、この子のことだったのか!?

「ま、さか、そんな……僕は……なんてことを……!」

やわらかい愛娘を、男は強く抱きしめた。これくらい抱き寄せて、起きないはずはない。それでも我が子は深い眠りのなかにいるようだ。

樹脂が長い時間をかけて琥珀になり、その中に、昆虫の命をからめとるように、幼い娘の命はコハクにからめとられてしまったのだろうか。

男は、足もとで不安げに揺れ始めた琥珀色のしっぽを、呆然と見下ろし続けた。

(作　桃戸ハル・橘つばさ)

食糧問題

ある一つの疫病によって、人類は滅亡の危機を迎えた。

それは、十年前のことである。ニューヨーク郊外に、新種の疫病に罹患した病人があらわれた。その疾病は、かつてないほどの強力な感染力で感染者を拡大させていった。

疫病は人から人へと、ワクチンが開発される間もなく超高速で伝染し、たちまち都市を覆い尽くした。その勢いは衰えを知らず、ついには全米をまるごとを飲み込んでいった。

陸海空で、大量の人の移動を可能とする高度な国際交通ネットワークは、感染者を増やしたい疫病にとって、好都合でしかなかった。

そして、発生からわずか一ヵ月ほどの間に、全世界が疫病に覆われてしまった。

世界の様相は一変した。もはや国が国として存立していることの意義は失われ、世界から国境が失われてしまったのである。

——それから十年がたった。

この年、かつて東京と呼ばれた場所で重要な会議が開かれた。食糧問題について話し合う会議である。各エリアのリーダーと呼ばれる者たちが集まった。

会場は重苦しい空気に包まれていた。

「これほど深刻な事態になってしまうとは……」

議長は、うめくような声を出した。議長だけではない。この会議に出席した者全員、苦しそうな、うめくような発言である。それは、事態の深刻さを物語っているようでもあった。

「我々が調達できる食糧は年々減り続けている。一方で、人口は爆発的に増え続けている。このままだと、我々の未来は恐ろしいことになります……」

副議長は、そう言って大きくため息をついた。出席者の多くは、手元の資料も見ていない。資料など見なくとも、実感でわかっているのだ。

すると、ある一人の若者がたまらず声をあげた。

「みなさん、どうしたんですか？　そう簡単に匙《さじ》を投げないでください！　どうにかしましょう！　それを考えるのが、我々の役目でしょう。……誰か何かよいアイデアはないんですか!!　何か、食糧を増産する方法は、ないんですか!!」

年配者たちは、あからさまに困惑した表情を見せた。

「……我々にできることはすべてやっている。現状の厳しい環境で、これ以上食糧を増やすことなど、とてもできない……」

が、その言葉は、出席者たちには受け入れがたいものだったようだ。

「すべて？　何をやってきたか言ってみろ!!」

会場は怒号に包まれた。

「ちょっと、待ちなさい!!」

そう発言したのは一人の女性出席者だった。

「言わせてもらいますが、みなさん、増産、増産と言いますが、食糧を増やすことよりも、限られた食糧を残さず食べることを考えたほうがいいのではないですか？」

「……食品ロスのことですか？」

議長が尋ねた。

「そうです。みなさんも身に覚えがあるはず。大事な食糧を食べ残して、ほかの食糧に手を出したことが……」

その言葉には、誰もが目をそらして下を向くしかなかった。すると、議長はこうつぶやいた。

「美味《おい》しそうに見えて食べたはいいけど、途中であきて、残りを捨てる。で、また別の美味しそうなものを食べる。たしかに、我々は、いつのまにか完食するという習慣を忘れてしまっていますね」

女性はこくりとうなずいて、こう付け加えた。

「私の調査では、九十八％の者が食事で食べ残しをしています」

「そんなにも我々は、食糧を無駄にしていたのか……」

出席者はみな驚きの言葉を口にした。

「たしかに、これまでは飽食の時代だったかもしれません。我々は食糧が無限にあると思っていました。しかし、もうそんな時代は終わったのです。食糧危機、それは我々自身が招いた結果だと認識すべきでしょう」

女性の言葉に、全員がうなずいた。

ところが、先ほどの若者だけは、イラついた様子でこう言った。

「……それで、我々にどうしろと？　今日から食糧の食べ残しをなくせと？　完食しろと？　そういうことですか？」

すると、女性は冷静に言い放った。

「そうです。食糧の食べ残しを禁じる法律を設けるべきでしょう。食べ残し禁止法です。この法律に違反する者は、最悪の場合、牢にでも入れて拘束すべきです」

「しっ、しかし、そんなことが受け入れられるはずはない。我々には自由に食べる権利もあれば、自由に食べ残す権利もあるはず。それに権利以前に、これは本能にかかわる問題でしょう」

若者の言葉をかき消すように、女性は毅然とこう言った。

「それしか、この危機を乗り越える方法はないんです！　完食は、食糧問題と人口問題という、二つの関連した問題を同時に解決する唯一の方法なのですから」

「というと？」

議長が尋ねると、女性はゆっくり立ち上がり、声を響かせた。

「人口が増えることは歓迎すべきです。我々の仲間が増えるのですから。しかし、なぜこれほどまでに人口が増えたかというと、食べては捨て、食べては捨てを繰り返してきたからです。食糧を見ると、どうしたって食べたくなって、食べる。一口でも食べれば、食べられた者が感染し、たちまち我々の仲間が一人増える。我々は完食をしないので、すぐに空腹となり、また新たな者を食べ、仲間が増える。その仲間もまた同じことを繰り返す。これでは、食べ残しが増えるばかりか、人口も増える仕組みになっている。でも、きちんと完食をすれば、空腹は満たされて、しばらくは新たな食糧に手をつけることもなくなる。つまり、食品ロスがなくなる。そして、仲間が増えることもない。人口増加が抑制されるわけです」

それを聞いて、議長をはじめほとんどの者が複雑な表情となった。

「そんなことは……、そんな理屈は、ここにいる誰もがわかっている……」

そして、議長の心のうちを代弁するように、若者が続けた。

「でも、しょうがないでしょう！　我々は、人間を見れば襲いたくなる本能をもつゾンビになってしまったんだから！」

（作　桃戸ハル）

隣に住む殺人鬼

僕の家の隣のアパートには、殺人鬼が住んでいる。

幽霊でも出そうなおんぼろアパートで、僕が生まれる前から建っていたというから、築数十年といったところだろう。そのボロボロのアパートの二階の端。そこに、殺人鬼の男は住んでいるんだ。

殺人鬼といっても、指名手配されて逃げているとか、こそこそ隠れて住んでいるというわけではない。殺人の罪で捕まって、罪を償って出てきたんだと思う。男が警察に連れていかれるのを、十年以上前、僕はこの目で見ているから。

見たのはテレビの中でだけど、あのシーンは未だに目の奥に焼きついている。僕は、三、四歳だった。たぶん、ニュースの映像だったんだろう。三十代後半くらいの男が二人の警官に挟まれるようにして歩く様子が、画面に映し出されていた。そして、パトカーに乗り込む直前、男はテレビカメラをものすごい目つきでにらみつけたのだ。物心もついていなかった僕は、テレビ越しの男の視線に一瞬で動けなくなった。小動物くらいなら失神させられそうな、肌がチリチリするような、そんな視線を投げる男は、まさに狂犬そのものだった。

僕は強烈に覚えているけれど、あれはもう十年以上も前のことだ。まわりの人たちは誰も男のことを覚えていないのだろう。道で男が誰かとすれ違うのを何度か見たことがあるけれど、すれ違った相手は男に見向きもしなかった。

男のほうは、いつも顔を少し伏せるようにして歩いている。償ったとはいえ罪を犯した人間は、世間から身を隠すような暮らしを送るしかないんだろう。昼間にブラブラしているところを見ると、ちゃんと仕事に就いているとも思えない。

学校帰りに公園の前を通りかかったとき、砂場の横のベンチに座っている男を見たことがある。ああ、今日も仕事はしてないんだな、と思って盗み見ると、男の口元がせわしなく動いていた。さすがに距離があったので、男が何を言っているのかは聞こえなかったけれど、その表情はまさに鬼気迫るものだった。目を血走らせて歯をむいて、何かをブツブツ唱えている様子は不気味以外の何ものでもなくて、近づこうとするすべての者を拒絶していた。

あのときと同じように、僕は、その場から動けなくなった。男の尋常じゃない迫力に、気持ちがのまれたと言えばいいんだろうか。とにかく、僕は公園の入り口で立ち尽くして……そこに、ふいに男が視線を向けてきたのだ。

——ゾッとした。それは、十年前と何も変わらない、牙をむいてうなる狂犬の目だった。

その嚙みつくような視線を受けたことで、皮肉にも、僕の足はようやく動いた。あわてて公園の前から離れた僕は、振り返ることなく家までの道を走った。走る間も、男の暴力的な視線が、僕をうしろから追いかけてくるようだった。

あんな目をする男のことを、どうして、世間は忘れているんだろう。それが僕には理解できなかった。触れた瞬間に肌が切れてしまいそうなくらい危険な感じがするのに。目を合わせたら最後、一瞬で石にされてしまうという怪物メドゥーサを連想させるくらい、人間離れしているのに。

あの視線には、もう二度と捕まりたくない……。

僕は、なるべく公園の前を通らないでおこうと決めた。男が住んでいるおんぼろアパートは隣だから避けて通ることはできないけれど、通るときは男が近くにいないかを確かめてから通ることにした。あんなに恐ろしげな元犯罪者なんて、関わらないでいられるなら、そのほうがいいに決まっている。

そうやって必死に避けてきたのに、その日、僕は男と接近してしまいそうになった。例の公園を避けて遠回りして帰ろうとしていると、あの男が前方からコンビニの袋を手に歩いてきたのだ。男は相変わらずうつむきながら歩いていたので、僕の存在にはまだ気づいていない。どうしよう、どこへ身を隠そうかと思ってあたりを見回していると、「あっ!」と誰かが声を上げた。

反射で顔を上げた僕は見た。横を走っている通りに、子猫が一匹、跳ねるようにして飛び出したのだ。そこへ、狙いすましたとしか思えないタイミングで車が走ってくる。あ、と僕が声をもらしたのと、ガシャンと何かが地面に打ちつけられたのとは、ほとんど同時。地面を打ちつけた何かが、あの男の手からレジ袋ごと落ちた缶ビールだったと気づいたのは、誰かの悲鳴が上がったあとだった。

通りの、僕がいるのとは反対の端に、男が倒れていた。そのかたわらには茶色い小さな毛玉のようなものも転がっている。もしかして、さっきの子猫か。そう思ったとき、男が動いた。倒れたままだった男の手が道をまさぐるようにして、やがて上半身がむくりと起き上がる。

「猫は……」

そうつぶやいた男の目が、すぐに茶色い毛玉を見つけて止まった。おずおずと伸ばされた男の手が毛玉に触れ、やがて、ためらうように両手ですくい上げる。

「おい……おい……」

抱き上げた子猫を男は軽くゆすった。何度も、何度も。

けれど、子猫はただの一度も、顔を上げることも鳴き声を返すこともしなかった。

目の前で小さな命が消えてしまったことを思って、僕は息苦しくなった。鼻の奥がつんとして、その場にいることがつらくなる。早く帰ってしまおう。そう思って、一歩を踏み出したときだった。

道端に座り込んだまま男が泣いていることに、僕は気づいてしまった。

「ごめんな……助けられなくて……」

胸に抱いた子猫をなでて謝る声は、ふるえていた。ふるえる声にあわせてこぼれる涙が、その死をなぐさめるように子猫の毛並みに落ちてゆく。

ごめんな、ごめんな、俺がもっと素早く動いていたらよかったのにな……ごめんな……。

ひたすら謝り続ける男は、自分でも何を言っているのかわからないのだろう。その言葉は、無意識に出ているように感じられた。

だから、その言葉に、いつわりはないような気がした。

男が猫を助けようとしたあの日から、男に対する僕の気持ちは変わった。狂犬のような瞳は、あのとき確かに小さな命を見つめていたのだ。奪うためではなく、救うために。そして、それができなかったとき、怒るでもなく、しかたがなかったとあきらめるでもなく、男はただ悲しんで涙を流した。それはとても正しい感情だ。

男は確かに、かつて罪を犯したかもしれない。でも、それをきちんと償ったから今ここにいるのだ。遺族にはともかく、社会にはもう許された人間だということ。そもそも僕は、あの男がどうして罪を犯したのかさえ知らない。テレビ画面で見た逮捕時の、獣のように恐ろしげな表情が激しいほどに印象的で、そのことばかりにとらわれていた。けれど、それが男のすべてではなかったのだろうと今なら思える。

あの男は、どんな人間なんだろう。気づけばそんなことを考えるようになっていた僕は、雨が降ったその日も、バスの窓に打ちつける雨粒をながめながら、正解にたどり着けるはずのないことをあれこれ想像していた。

バスが駅前で停まり、何人かの乗客が降りて、新たな客が乗り込んでくる。人の流れを見るともなく見ていた僕は、乗り込んできた客の中にあの男を見つけて目をみはった。まさか、僕の心臓の跳ねる音が聞こえたわけではないはずだけれど、空いている席を探しながら歩いてきた男は僕に目を向けて、一瞬だけ足を止めた。

スマホを触っていて気づいていないフリを、僕はし続けた。本当は、男に近い右半身に全神経が集中している。男はすぐに僕から離れて、ななめ右後ろの席に座った。姿は見えなくても、右肩や背中の右のほうだけがチリチリとして落ち着かない。恐怖とは違う緊張感が、いつもよりバスの速度を遅くしているように思えて、しかたがなかった。

「次は、しばお第三公園前。しばお第三公園前です」

機械的な女性の声が、最寄りのバス停への停車を告げる。僕は誰よりも早く降車ボタンを押した。しばらくして、停車するなり席を立った僕は、急いでバスを降りた。

外は雨。傘はない。そのせいでバスを使ったのだから、当然だ。これだけ勢いよく降っていれば、走っても走らなくても濡れる量は変わらないだろう。それでもやっぱり走ることにして、僕が足を自宅に向けたときだった。

「おい」

うしろから、声が飛んできた。雨音にも邪魔されない、よく通る声だった。

振り返ると、どこにでもあるビニール傘をさした、あの男が立っていた。

「帰る方向、一緒だろ。入っていけよ」

仏頂面《ぶっちょうづら》で言った男が、僕に向かって傘を差し出す。四十代後半の男からは、触れた瞬間に切れそうな雰囲気のカケラがこぼれているようで、けれど、猫を助けたあのときの涙も同時にちらつく。僕の前にいるこの人は、いったいどんな人なんだろう。

「ったく、ひどい雨だな。朝はいい天気だったのに、まさかこんなに降るなんて……。天気予報を信じて傘を持って出て、正解だった。降ってくるまでは疑ってたけどな」

誰に聞かせる風でもない言い方で男が不器用に笑う。たまに男の体が僕の左肩に触れて、ヘンに緊張してしまう。男の笑みが消えたあとは無言だ。耳に届くのが雨音だけなのが居心地悪くて、僕は尋ねてみることにした。

「僕のこと、知ってるんですか？」

「ん？」

「さっき、『帰る方向、一緒だろ』って」

「ああ。だって、俺の住んでるアパートの隣の家の子だろ？　昔から、他人の顔はすぐに覚えるんだよ」

他人の顔をすぐに覚える――。それは、誰かを狙うときについた癖なのだろうか。それとも誰かから逃げるときに必要だったのだろうか。

「どうした」

「え？」

男に尋ねられて、僕は思わず顔を上げた。男と視線が、まっこうからぶつかる。よく考えたら、男の顔をまともに見るのは初めてかもしれない。僕のために傘をさしてくれている男の顔に、狂犬は宿っていなかった。

「あなたが捕まったときのこと、覚えてます……僕」

何でそんなことを言ってしまったのかわからない。しかし、気づけば、馬鹿正直にそんな言葉を口にしていた。

「俺が、捕まったとき……？」

「十年ちょっと前に、警察に捕まってパトカーに乗るとこ、テレビのニュースで見たんです。三歳か四歳のときに」

僕の言葉を聞いた男は、しばらく記憶を探るようにしてから、「あぁ……」と悲しそうに小さくつぶやいた。

「テレビ越しだったけど、本当に怖かったんです。動けなくなるくらいに。あのときのあなたの顔は、今でも覚えてます」

「そうか……見てたのか……」

ビニール傘にまとわりついた雨粒を数えるように、男が目を上げる。何を考えているのか、その表情からはわからない。わからないけど、今後この男とこれだけ近づくことはないだろうから、思ったことを言っておこうと決めた。

「あなたは、罪を犯したかもしれないけど……それを、まだ許してない人もいるかもしれないけど、でも、ちゃんと償ってきたんですよね。だから、僕が言うのもおかしいですけど、勇気出して頑張ってください。まわりが、どんなこと言ってきても。子猫を助けられなくて泣いてたあなたなら、できると思います」

男が驚いたように僕のほうを向いて、目を見開く。何かを言いかけて口を軽く開き、閉じて、また開く。けれど、そこから言葉が出てくることはない。

やがて、閉じていた唇からふっともれたのは、先ほど見せた不器用な笑みとは違う、自然な微笑みだった。

「ありがとう」

男の口から出たとは思えないほど優しい声色に、今度は僕が目を見開く。

「俺はもう、世間からは受け入れられないと思ってた。何をやっても、だめでな。もうあきらめてたんだが……でも、そんなふうに言ってくれる人がいるなら、もう少し頑張れるかもしれない」

気づけば、雨脚は弱くなっていた。男がふいに足を止めたと思ったら、そこは僕の家の前だ。

「ありがとう」

もう一度そう言って、まるで、つきものが落ちたように男が笑う。傘のかげに見えるその笑顔は本当に晴れやかで、おんぼろアパートの階段を上っていった背中も、以前よりずっとまっすぐ伸びていた。

その日を境に、男がスーツを着て出かける姿を、僕は頻繁《ひんぱん》に見るようになった。就職活動というやつをしているのかもしれない。いつだったか、登校時間に家の前で出会ったことがあって、「頑張ってください」と言ったら、ガッツポーズを返された。

本当に頑張っているみたいだった。

それからさらに月日が経って、季節も変わった。

学校は試験期間に入り、僕は家で気休めのテスト勉強をしていた。数学の勉強が終わったところで少し休憩しようとリビングへ行くと、母さんが父さんのワイシャツにアイロンをかけながらドラマを見ていた。

確か、若手の人気俳優が新人医師の役で出ている医療ドラマだ。目当ての俳優が画面に登場するたび、アイロンをかける母さんの手が止まりそうになっている。そんなにカッコいいかなあ、と細くした目をテレビに向けて、けれど次の瞬間には、その目を僕はいっぱいまで見開いていた。

何を言ったのか、自分ではわからなかった。ただ母さんに、「ちょっと！　いいところなんだからヘンな声出さないでよ」と、迷惑そうに言われたのは確かだ。それでも僕の頭には、母さんの言葉よりも、今まさにテレビ画面で見たもののほうが圧倒的に強く残っていた。

それから数日後。母さんにおつかいを頼まれて出かけたスーパーで、僕はあの男とばったり出会った。偶然、というほどのことではない。だって家が隣なんだから、同じスーパーを使っていて当然だ。ただ、このタイミングで出会ったことは、僕にとって大きな意味をもつ。

「ねえ。なんでこないだ、患者なんてやってたの？」

頭で考えていたことばかりが先走ってそう尋ねた僕を、男はパチパチと目を瞬かせて見つめた。それから、優しげな笑みを浮かべて、「時間あるか？」と聞いてきたのだった。

スーパーの前にある自動販売機で、男はジュースを買ってくれた。自分は砂糖入りのコーヒーを買い、古びたベンチに腰をかけてプルタブを開ける。男が空けてくれたスペースに僕も座って、ジュースを口に運んだ。

「ドラマ、見たの？」

飲んでいたところに尋ねられて声が出せなかったので、ひとまず缶を口から離して首だけ縦に振る。

そう。あの夜、母さんが見ていたドラマを横からのぞいて、僕はせっかく暗記した数学の公式を忘れるんじゃないかと思うくらいに驚いた。

画面には、あの男――今は同じベンチに座っているこの男が、映っていたのだ。バイク事故にあって緊急搬送された患者の役だった。包帯でぐるぐる巻きにされていたけど、すぐにわかった。同じ目を――同じ目が子猫を見つめるところを、前に見たことがあったから。

甘いコーヒーをまた口に含んで、男が息を吐く。「隠してたわけじゃないんだけどな」と笑う男の目の上で、きりっとした眉が左右対称の八の字になった。

「きみ、前に言ってただろ。俺が逮捕されたのを覚えてるって。テレビで見てから、忘れられないって。それはな、十年以上前に放送された刑事ドラマなんだ。俺がやってたのは、あのドラマの犯人役。それでちょっとだけ注目されたが、最近じゃあ、ほとんどドラマの仕事はなくなってた。もうすぐ五十だし、きっと才能がなかったんだ、役者はもうやめよう。ここ何ヵ月かずっとそう思ってた。でも――」

男の目が、僕を見つめる。それは狂犬の瞳とも、猫を救えずに泣いた優しい瞳とも違う。

強いて言うなら、小さいけれど絶対に消えない炎を宿した瞳だった。

「――でも、きみは言ってくれた。あのときの俺を今でも覚えてる、テレビの前から動けなくなるくらい怖かった、って。俺は、それだけきみの記憶に残ることができたんだ。そう思ったら、もう一度、今からでも頑張れるんじゃないかって、いや、頑張ってみようって思えたんだ」

そう言って、男が缶コーヒーを一気に飲む。からっぽになった缶をゴミ箱に捨てて、男は大きく伸びをした。真っ青な空をつかもうとするかのような、大きな大きな伸びだった。

「ありがとう。再挑戦する勇気をくれたのは、きみだ。じつは、今日もこのあと新しいドラマのオーディションがあってね。支度があるから、そろそろ帰るよ。それ、ゆっくり飲んでいきな」

僕の手の中にあるジュースを指さした男は、それだけ言い残して、きびきびとした足取りで去っていった。

残された僕は、男がさっきつかもうとしていた空を一人で仰いでみる。空はつかまれることを待っているのか、今にもこちらに落ちてきそうなほど大きくて近い。

「ドラマ、見ないと」

それから名前も。次に会ったとき、ちゃんと名前を聞こうと僕は思った。

（作　桃戸ハル・橘つばさ）

あの日を思い出して

私たち夫婦は、もう「新婚」ではない。それは、結婚して三年が経っているから、ではない。

高校の同窓会で五年ぶりに関口涼《せきぐちりょう》と再会して付き合い始め、二年後に「一緒に幸せになろう」とプロポーズされたとき、ミチルは嬉しくて泣いてしまった。婚姻届を出したあの日、涼と同じ苗字になったのがくすぐったくて、なかなか寝つけなかったのを覚えている。涼と一緒の生活は、すべてが楽しくて、こんな生活がずっと続くのかと考えると、なんて幸せなんだろうと思わずにはいられなかった。そのときの気持ちは偽りではない。あのときの涼の笑顔も、偽りではないと信じたい。

あれから三年——今では、誓い合った愛などどこへやら、自分は涼にとって、ただ同じ場所に住んでいるだけの「同居人」になってしまったらしい。愛がなく、新鮮さを失った夫婦は、結婚して何年かにかかわらず、「新婚」などではない。もしかしたら、「夫婦」ですらないのかもしれない。

涼の愛が冷めてしまった理由には、うすうす気づいている。結婚後、ミチルはほんの少し太ってしまったのだ。スカートやパンツのサイズが、ほんの二つほど大きくなり、お風呂に入ったときに湯船からあふれるお湯の量が、ほんの倍近くになり、マンションや駅の階段を上がれば、今までのほんの半分程度で息が切れるようになった。

そんな、ほんの少しのミチルの変化を、涼は許さなかった。

「そんなに、ぶくぶく太るのは、プロレスラーか相撲取りを目指してるからなの？」

「おいおい、また肉？　それがそのままぜい肉になってること、わからないの？」

「『ドライブに行きたい』？　おまえみたいなの乗せてたら、燃費が悪くなるんだよ。今どれだけガソリンが高いと思ってるんだ」

「おまえがいるだけで暑苦しいよ。温暖化現象の原因は、おまえじゃないの？　地球規模の迷惑だよ」

涼の暴言は、日に日にエスカレートしていった。三年前、照れ笑いを浮かべながらプロポーズしてくれた涼の笑顔を、ミチルはもう思い出せない。あのころの、優しくて、一緒にいるだけで心があたたかくなった夫は、もういなくなってしまった。

ミチルは、離婚を決意した。

妻から離婚を切り出された涼は、「わかった」とだけ答えた。「どうせ別れることになるなら、早いほうがいい」と、冷静に考えただけだった。

先に書かれた妻の名前に並べて、離婚届に自分の名前を書きこみ、印鑑を押す。明日にでも、この書類を役所に提出すれば、ミチルとは「他人」だ。

拍子抜けするくらい、あっけない「作業」だった。婚姻届を書くときは、恋が実った喜びと、彼女を守っていこうという責任感、そしてこれからの毎日への希望で、あんなにドキドキしたのに。

あの気持ちは、「若気のいたり」だったのだろうか。まだ、あれから三年しか経っていないのに、涼には、とても昔のことのように思える。

記入を終えてペンを置いたとき、涼は、自分の左手薬指に結婚指輪がはまったままであることに気づいた。結婚式を挙げたあの日から、ひとときもはずすことのなかった指輪は、涼の体の一部であるかのように指になじんでいる。

いつもそこにあるのが当たり前だった指輪をはずすと、とたんに、左手の風通しがよくなったような気がした。寝室の枕もとに指輪を置くと、涼は寝室を出た。

寝室から廊下に出て、涼がリビングへ入ろうとしたときだった。

小さなうめき声のようなものが、ドアのむこうから聞こえてきた。

え……と、涼はドアノブに触れた手を止めて、そっと耳をすます。聞こえてくるのは、ミチルの声だった。

音を立てないように、涼は、そっとドアを開けた。数センチできた隙間からリビングの中をうかがうと、こちらに背を向ける形でミチルがイスに座っている。その姿に、涼はハッとした。うなだれた彼女の背中が、小刻みに震えている。

泣いて、いるのか……？

涼がそう思ったタイミングで、涙声が聞こえてきた。

「どうして、こんなことになっちゃったの……」

落ちこんだその言葉と、彼女の前かがみな姿勢で、涼は悟った。ミチルも、先ほどの自分と同じように、結婚指輪をはずそうとしていたのだ。もともと離婚を切り出してきたのは、ミチルからである。しかし、離婚届を提出する今になって、ミチルの気持ちに変化が現れたのだろう。

「どうして……」

もれ聞こえてくるのは、声を殺して泣いている、ミチルの呼吸ばかりだった。

――どうして、こんなことになっちゃったの。

涙まじりのつぶやきが、涼の耳にこだまする。

どうして、どうして……あのころは、心からミチルを愛していた。その気持ちは、一生変わらないだろう。そう思っていたはずなのに。

＊

涼がミチルと出会ったのは、高校二年生の春だった。クラス替え後の最初の席替えで、隣どうしになったのが、ミチルだったのだ。

「お隣さんだね。よろしく！」

人懐っこい笑顔でミチルにそう声をかけられ、涼は「こちらこそ、よろしく……」としか答えられなかった。あまりにもそっけない返事になってしまったのは、同じ学校に、こんなにかわいい子がいるなんて知らなくて、緊張してしまったからだ。

ミチルの素直で飾らない笑顔は、いつ見てもまぶしかった。もっと話したい、声をかけたいと本当は思っていたのだが、女の子との接し方を、涼は知らなかった。

三年に上がるときはクラス替えがなかったので、ミチルとは二年間、同じクラスだったのだが、結局、ほとんど会話もしないまま、卒業の日を迎えてしまった。

そのときは激しく後悔した涼だったが、時間が経つにつれて、その後悔も少しずつ薄れていった。社会人になってからのせわしない生活のなか、ゆっくりと高校生のころの恋心を忘れていったのだ。

卒業から五年後に開かれた同窓会で、涼はミチルと再会した。

そして、ミチルはクラスのほとんどが集まった会場で涼の隣にやってくると、にこっと笑って、こう言ったのだ。

「また、お隣さんになったね。よろしく」

その瞬間、涼の頭の中は、高校時代のあの日の記憶で満たされた。

「そのセリフ、聞いたことある」

「うん、初めて会ったときにも言ったよ。覚えててくれたんだ」

そう言って照れたように笑う顔は、彼女を初めて見た瞬間に涼が恋した顔と、まるで同じだった。

「酔っちゃったから言うけど……、わたし、関口くんのこと好きだったんだ」

変わらずきれいなミチルにそんなことを言われて、涼の酔いは一気にさめた。女の子から告白されるのも初めてだったし、その相手が、まさか自分の初恋の相手でもあるミチルだなんて、思いもよらなかったのである。

だから、同窓会がお開きになった直後、涼はミチルの手をつかんでいた。

「あっ、あのさ！　じつは、俺も！」

それから、交際が始まった。

初めてのデートは、港の見える公園だった。初めて手をつないで、その指の細さに少しだけ怖くなった。あまりにも細くて、折れてしまいそうで――だから自分が守らなければ、と、ミチルを愛《いと》おしく思った。

そして、交際を始めて二年が経つころ、涼は初デートのときに行った公園で、ミチルにプロポーズした。

「俺は、これからもずっと、ミチルと笑っていたい。一緒に幸せになろう」

そう言って、指輪を渡した。ミチルの表情は驚きから泣き笑いに変わり、何度もうなずいた。ミチルは指輪の箱を、壊れものに触れるような手つきで受け取ると、潤んだ瞳で涼を見つめ、こう尋ねた。

「指輪、今つけてもいい？」

それがどういう意味なのか気づくのに、涼は五秒くらいかかった。ミチルは、やっとその意図を理解した涼が、ぎこちない手つきで箱から指輪を取り出すのを、じっと待ってくれていた。

涼は指輪を、ミチルの左手の薬指に、ゆっくりとはめた。ミチルは、指輪が放つ銀色の輝きをうっとりと見つめたあと、右手で左手ごと指輪を包みこみ、胸に抱えるようにして、また泣いた。

「ありがとう。これからも、ずっと一緒にいさせてね。涼ちゃん……」

＊

あのときと同じだ――。

あのときと同じように、左手の指輪を胸に抱いて、ミチルがリビングで泣いている。ただ、涙の意味が、あのときとはまるで違う。

――自分と一緒にいられることが嬉しくて泣いてくれた彼女に、俺はこれまで、何をしてきたのか。そして、今、何をしようとしているのか。

そう思った瞬間、涼の胸に熱いものがこみ上げてきた。それが、「罪悪感」というものなのか、よみがえった「愛情」なのか、涼にはわからなかったし、どうでもよかった。

目の前のドアを勢いよく開けて、涼はリビングへ飛びこんだ。物音にミチルが振り返るより早く、彼女の体を背中から抱きしめる。腕の中でミチルがとまどったように身じろいだが、涼は力を弱めなかった。

「ごめん、ミチル。俺が悪かった。あれだけ、きみのことが好きだったのに……きみへの想いが届いて、幸せだったのに……きみを守るって約束したのに……そのことを俺は忘れていた。俺、ミチルに本当にひどいことを言った。最初のうちは、好きだから、ちょっとからかっているだけだったのに……それが止められなくなってしまっていた……これから、もう一度、きみを幸せにしてみせる。俺が必ず、きみを幸せにするから」

ミチルの体を抱きしめる腕が、強く握り返された。それが、ミチルからの答えだと思った。

——こんな俺を許してくれて、ありがとう。

涼の視界で、銀色の指輪がキラリと光った。今、ミチルがはめているのは、結婚指輪だ。涼が公園で贈った婚約指輪とは違う指輪だが、誓い合ったことは変わらない。

小さな指輪が、俺たち夫婦の絆《きずな》を結び直してくれたんだ。胸に熱いものを感じながら、涼は、静かに、しかし強くミチルを抱きしめ続けた。

それから数ヵ月——。

ミチルは、お腹に新しい命を宿した。妊娠の報告を、涼は素直に喜んでくれ、ミチルのことを、さらに気づかってくれるようになった。相変わらず体型はぽっちゃりしたままだが、以前のような暴言を吐かれることは、もうない。

妊娠五ヵ月目に入り、そろそろ目立ってきたお腹をなでながら、その日、ミチルはひとりで産婦人科を訪れた。

「順調ですね。赤ちゃんも、お母さんも、異常なしです」

それから医師は、今のうちに結婚指輪をはずしておくよう、ミチルに言った。

「妊娠中期以降は、とくに体がむくんで、指輪が抜けなくなる可能性があります。ですので、今のうちにはずしておくことを、当院では推奨しているんですよ」

気のよさそうな医師の言葉に、ミチルは自分の左手を持ち上げた。

結婚するまでは、小枝のように細かった指。「折れそうで心配だよ」と、涼に苦笑されたことさえあった。教会で指輪の交換をしたときも、ゆるいんじゃないかと思うくらいスルリと指に通ったのに、それが今では、ミチルの体の一部であるかのように指になじんでいる。

「それが、ダメなんですよ、先生。以前にも、ちょっと事情があって、必死にはずそうとしたことがあったんですけど、全然抜けないんです。もう指の肉に食いこんでしまって……」

あの日——離婚届を書いた日の夜、早く指輪をはずしたくてしょうがなかった。それなのに……体が震えるくらい力をこめて抜こうとしたのに、指輪は肉に食いこんで、まったく動かなかった。太ったことに対する夫の悪口は絶対に許せなかったが、こんな状況の自分があわれで、もう泣くしかなかった。

「ダメ……はずせない……。本当にもう、どうしてこんなことになっちゃったの」

ミチルは、肉づきのよすぎる肩を落とし、ため息をついた。

「やっぱり、もう少しだけこの指輪をつけているしかないのね」

数ヵ月前のあの夜、もしもこの指から指輪が抜けていたら、自分は違う道を進んでいたかもしれない。この指から結婚指輪が抜けたとき、自分はカゴから逃げ出した鳥のように、自由な空へ羽ばたいてゆけるのだろうか。

真昼にそんな夢を見ながら、ミチルは、うっとりと自分のお腹をなでるのだった。

「そのときは、あなたがママと一緒に来てね」

ポコンと、内側から返事があったような気がした。

（作　桃戸ハル・橘つばさ）

鬼のツノ

「良子《りょうこ》おばちゃん」と、つないだ右手を軽くひっぱられて、私は視線を落とした。小学二年生になったばかりの雅弘《まさひろ》くんが、父親によく似た丸い目を私に向けてくる。

「これから、どこ行くの？」

「うーん、どこ行こっか。雅弘くん、行きたいところ、ある？」

雅弘くんは、知人の息子だ。ちょっとした理由があって、今日は私が預かることになっている。雅弘くんも私に懐いてくれてはいるが、長い時間を一緒に過ごすのは初めてだ。

お昼はファミリーレストランで、雅弘くんが好きだというハンバーグを食べ、そのあと、オモチャ屋さんに行ったものの何も買わずに出てきた。我が子でもないこの子に、私が勝手にオモチャを買い与えることはできない。雅弘くんは残念そうにしていたが、おやつにソフトクリームを買ってあげると機嫌を直してくれたようだった。罪のない子どもはかわいい。

雅弘くんと一緒にソフトクリームを食べ終えたところで、私は途方に暮れた。今日の最後の目的地は決めてあるのだが、そこへ行くには、まだ少し時間が早い。だから、雅弘くんの手を引きながら、閑静な住宅地のはずれを、あてもなく歩いている。さて、どうしたものか。

「おに」

そのとき、雅弘くんがぽつりとそうつぶやいた。

「鬼？」

「あれ」

雅弘くんが道の先を指さす。そこには、くすんだ色の赤い鳥居が立っていた。鳥居のそばには、古びたのぼりが出ていて、そこに「鬼子母神《きしもじん》」と書かれている。

「行ってみようか」

子どもに神社はつまらないかと思ったが、雅弘くんは、うなずき返してきた。

境内に入ると、夕暮れの薄暗さも手伝って、ひやりとした空気が肌をなでた。「寒くない？」と尋ねると、「へいき」とだけ答えて、雅弘くんが好奇心たっぷりの目をあたりに向ける。

本当に、あの人に似ている。

そう思ったとき、雅弘くんがまた前方を指さした。

「ねえ、良子おばちゃん。あの字、間違ってるよ」

小さな指が懸命に指し示しているのは、社の上のほうに書かれてある「鬼子母神」の文字だった。

「本物の『おに』の字にはツノがあるのに、あの字にはついてないよ」

子どもの指摘に、私は改めて「鬼子母神」の文字を見上げた。

「鬼子母神」の「鬼」の字に、一画目のてん——ツノがない。何か由来があったはずだが、とっさには思い出せなかった。それよりも、雅弘くんの年齢に似合わない知識に感心する。

「えらいねぇ、雅弘くん。あんな難しい漢字、知ってるんだ」

「お父さんが教えてくれたの。『ももたろう』読んでたときに」

雅弘くんの父親は、国語の教師。本を読み聞かせすることや文字を教えることには手を抜きたくない、と、本人が言っていた。それはもう、とても愛おしそうに。

「ねえ、良子おばちゃん。あの『鬼』の字、間違ってるよね。神社の人に教えてあげたほうがいいのかな」

この健気さが、親には愛おしいのだろう。私には手にすることのできなかった宝物だが、だからこそ、この子の放つ輝きがよく見える。そのまぶしさに、私は思わず目を細めていた。

「あの字はね、間違ってないのよ。あれは、この神社だけの特別な文字だから」

「なんで？　なんで特別なの？『ももたろう』には、ツノのある字が書いてあったよ。お父さんが教えてくれたもん。鬼には頭にツノがあるから、『鬼』っていう字にもツノがあるんだよって」

私は「うーん……」と苦笑しながら、頬に手をあてた。

鬼子母神の由来は確かに聞いたことがあるのだが、引き出しにモノがつかえたように記憶が開かない。雅弘くんの「お父さん」なら簡単に答えられただろうか、と、ぼんやり顔を思い出してみるが、彼が私に答えを与えてくれることはなかった。

「ごめんね。良子おばちゃん、忘れちゃった」

正直にそう答えると、「そっか……」と雅弘くんが丸い目を石畳に向ける。

「帰ったら、お父さんに聞いてみよう」

そんなつぶやきを、ふと寂しい気持ちになって聞いていたときだった。

「鬼子母神の鬼はね、鬼じゃあなくなったから、ツノがないんだよ」

突然の声に、私は足を止めた。声が聞こえてきたほうに顔を向けると、そこにいた老婦人と目が合った。誰もいないと思っていたのに、いつからそこにいたのか。白髪《はくはつ》を上品に結ったその老婦人は杖を手に、深い木陰のなか、眠るように鎮座している石をイスがわりにしていた。

「ぼうやに、ひとつ、お話してあげようね」

目尻の下がった目を私たちに向け、老婦人は、杖の先をとんと一度だけ地面について話しはじめた。

「今から、ずうっと昔、鬼子母神という女の神様がいたの。彼女は、人間の子どもをさらっては食べる、こわーい神様でね。このままじゃいけないと思ったお釈迦様《しやかさま》が、鬼子母神の子どもを隠してしまったの。鬼子母神には、五百人の子どもがいてね。特別かわいがっていた五百人目の子どもを、お釈迦様は鬼子母神に内緒で連れ出してきたんですって。

かわいい我が子がいないことに気づいた鬼子母神は、もう大あわて。ひどく取り乱して、世界中あちこち探して回ったんだけど、お釈迦様が隠しているから簡単には見つからなかったの。我が子を思って嘆き悲しむ鬼子母神を見たお釈迦様は、彼女に、こう言ったそうよ。

『子どもをなくす親の痛みや苦しみが、これでわかっただろう。五百人もの子どもがいるのに、そのうちのたった一人がいなくなっただけで、おまえはそれだけ悲しんでいる。ならば、たった一人しかいない我が子を失う人間の親の苦しみがどれほどのものか、わかるはずだ。わかったら、人間の子どもをさらって食うのは、もうやめなさい。そうすれば、おまえの五百人目の子どもも、すぐに帰ってくる』とね」

「鬼子母神は、子どもに会えたの？」

雅弘くんの問いかけに、「もちろん」と老女は微笑みを返した。

「人間の子どもを食べるのはやめると約束した鬼子母神に、お釈迦様は子どもを返したわ。鬼子母神は反省して、そのあとは、人間の安産と子育てを見守る──これは、ぼうやには少し難しいかしらね──とてもいい神様になったのよ。だから、鬼子母神の『鬼』の字には、ツノがないの。彼女はもう、怖い神様じゃあなく、優しい優しい神様になったから」

ふうん、と、雅弘くんが小さくつぶやく。老婦人の話を理解したのか、それともまだ難しかったのか、その様子だけでは私にはわからなかった。

「それじゃあ」

「あ、はい。ありがとうございました」

ゆっくりと立ち上がった老婦人に頭を下げると、穏やかな表情で会釈を返された。杖をつきながら境内を出てゆく曲がった背中を見送りながら、ふと考えてしまう。彼女もまた、その背に我が子を負ぶって育ててきたのだろうか、と。

私には見ることのできない夢を背負って生きてきたのだろうか、と。

「ねえねえ、良子おばちゃん」

洋服のすそを引かれて、はっと我に返る。今度こそ、私たち以外に人影のない境内に、幼い子の高い声はよく響いた。

「良子おばちゃんも、ツノ、もってるよね」

え……という、とまどった声が耳に届いた。自分の口からこぼれたものだったということに気づくまで、ずいぶんと間があった。

「良子おばちゃんの名前にも、ツノがあるでしょ？　でも、良子おばちゃんは、すっごく優しいもん。だから、おばちゃんの名前についてるツノも、とっちゃえばいいのに」

ひゅう、っと、ノドが笛のように鳴った。この子は、なんて——なんて優しく、そして残酷なことを言うのだろう。

「ぼく、良子おばちゃんのこと好きだよ」

その一言に、足の力が抜けた。その場にぺたりとついた膝頭に、石畳の冷たさがしみる。目線は、子どもと同じ高さだ。こちらを正面から見つめてくる瞳は、驚くほど、あの人に似ている。あの人と同じ目をするこの子が私の子どもではないという事実が、私は、何よりも悲しいのだ。

「どうしたの、良子おばちゃん。どこか痛いの?」

何か痛むような顔をしているのだと、その言葉で気づかされる。痛い。おそらく、人が「心」と呼ぶところが、とめどなく血を流している痛みだ。

「雅弘くん……ごめんね、雅弘くん……」

私は、目の前にいる他人の子どもを、強く胸に抱き寄せた。肉の薄い肩口に顔をうずめ、にじむ涙をこらえようと目を閉じる。

——それは、あまりにも無意味なことだった。

結婚するんだ、と、あの人は言った。私の気持ちは知っていたはずだった。だから、あの人は私から目をそらしたのだ。男の人にしては愛嬌がありすぎる、まん丸な目を。

彼女のお腹には俺の子どもがいるんだ、と、そう言った彼の口調は甘さと苦さを同じくらい含んでいた。どうしてあなたが、そんな顔をするの? 苦しそうにしていい権利は、捨てられる私にあるはずじゃないの？　思った言葉は、何ひとつ出てこなかった。「お幸せに」と、せいいっぱいの皮肉をこめて言ってやるつもりが、泣く寸前のように声が震えて、ただただ惨めさを増しただけだった。

あれから数年。昔のことは忘れたつもりで、私は「友人」として、あの人と接するようになった。もちろん奥さんには何も伝えず、息子の雅弘くんに――本当だったら私の子だったかもしれない子どもに近づいた。

あの人にそっくりな目で「良子おばちゃん」と笑いかけられるたび、愛しみと憎さが二本の糸となって、複雑に胸の中で絡み合った。糸のもつれは時間を追うごとにひどくなり、もう、私の手ではほどくことができない。

だから、こうするしかないのだ。無意味に糸をもつれさせたのは、私。でも、その原因を作ったのは、あの人。だから私は、あの人にその事実を突きつけて、消える。

「鬼子母神」と同じだ。

我が子を失えば、私の痛みと苦しみをわかってもらえるだろうか。

――いいや。鬼は、私だ。お釈迦様のフリをした悪鬼は、本当は、私のほう。

「ツノ、とっちゃえばいいのに」と、無邪気にそう言った雅弘くんの言葉が、ひび割れた胸に食い込んでゆく。

私の「良子」という名前からツノをとると、「艮」――「うしとら」という文字になる。

丑寅。「鬼門」とも呼ばれるそれは、鬼がやってくる方角を表す言葉だ。

ツノをとっても、とらなくても、私の中にひそむ鬼は消えない。その鬼が、ずっと耳元でささやいているのだ。憎く思うなら、食らい尽くしてしまえ、と。

頰の涙を手の平ではらって、私は顔を上げる。憎いくらいにあの人そっくりな瞳が、一筋のにごりもない光をたたえて私を見つめる。

「行こっか、雅弘くん」

手を差し出すと、小さな手が握り返してきた。私は鬼だ。痛みを知って改心するのではなく、同じ痛みを返してやろうとしか考えることのできない、本当の鬼なのだ。

心の奥底で涙を流しながら、私は、最後の目的地を思った。

（作　桃戸ハル・橘つばさ）

補聴器

補聴器を手にした老人は、あたかも、「盗聴器をしかけたスパイ」のような気持ちになった。

――嫁が自分の悪口を言っている決定的な証拠をつかんでやる。

心の中でそうつぶやくと、彼は、意地の悪い笑みを浮かべた。

老人は、会社勤めをしている息子とその嫁、そして三人の小さい孫たちと暮らしていた。彼の耳はだんだんと遠くなり、このところ家族の声があまり聞こえなくなっていた。

ずっと連れ添ってきた妻に先立たれてからというもの、老人はすっかり元気をなくし、加えて耳が聞こえにくくなったことが、彼の性格を少しずつ卑屈で頑固なものに変えていった。耳が遠くなると、自分の話す声も自然と大きくなる。大きな声は怒鳴り声のように聞こえ、周囲を萎縮させてしまうことも、家族との距離が生まれた原因だった。

——わしが弱ってきたのをいいことに、家族がわしを邪魔者扱いし始めておる。

息子の嫁に対して、老人は、特に強い敵意を感じていた。

家族は何やら楽しげに話をしているのだが、その内容はちっとも聞こえない。しかし、おそらく自分のことを笑っているだろうことはわかった。

そろって夕飯を食べているときも、息子夫婦と孫たちは、なにやら話をしては笑っている。皮肉なことに、会話の中身は聞こえなくても、甲高い笑い声だけは、この遠くなってしまった耳に聞こえてくるのだ。

——わしの耳が聞こえんのを知った上で、堂々と悪口でも言っているに違いない。

たまに嫁が自分に話しかけてくるときは、決まって耳元で大声を出した。

「今日の、ゴハンは、どうですか？」

まるで馬鹿にされているようで、老人はこの問いを無視し、返事もしなかった。耳が遠くなったとはいえ、ちゃんと歯はある。食べることもできる。ボケてもいない。それを知っていて、あの嫁はわしを年寄り扱いして、心の中で笑っているのだ。

音は感じづらくなったが、昼間、老人が一人で部屋の中にいるとき、背後に嫁の気配や視線を感じることがあった。部屋の前をゆっくりと通り過ぎながら、こちらの様子をうかがっているようだ。このわしを疎ましく感じているに違いない。そして夜になると、息子や孫たちに悪口を言っているのだろう。

仏壇の前に座ると、老人は亡き妻に話しかけた。

「年を取るというのは、寂しいものだ。体が衰えてくると、気持ちまでふさいでしまう。今となっては、ぽっくりとあの世へいってしまったお前が、うらやましいくらいじゃ」

はぁ、と老人はため息をついた。

「気持ちが弱ると、体も弱っていく。この耳、わしと同じように、すっかりオンボロになってしまった」

――なんでわしが、こんな思いをしなくてはならないのか。

すべてあのいじわるな嫁のせいだ。ふと、老人はある計画を思いついた。

耳が聞こえないと思っている嫁は、わしの悪口を言っているに決まっている。この耳が、突然聞こえるようになったとしたらどうだろう。腹黒い嫁の、しっぽをつかまえてやる。

老人は、補聴器を買うことにしたのだ。補聴器は駅前の大きなメガネ屋で扱っているようだった。

老人が補聴器を求めていることを知った店員は、耳元で、大きな声でゆっくりと説明をした。

「まず補聴器には、もっともポピュラーな耳かけ型、操作のしやすいポケット型、また音声を振動で伝えるメガネ型などがございまして……」

「詳しいことはわからん。ただ、できれば、外から、補聴器をつけていると分からないものがいいんだが」

「はい、それでしたら耳あな型になりますね。こちらは文字通り、耳の穴の中にすっぽりと入れて使いますので、まったく目立つものではございません」

それそれ。そういうのが欲しいのだ。店員の説明は続く。

「一人ひとりの耳の形や聴力に合わせてお作りするオーダーメイドと、購入してすぐに使用できる既製のタイプがあります。さらに、片耳だけでなく、より自然な〝聞こえ〟を実現する、両耳装用もおすすめです」

「なるほど……」

「長時間使うものですし、やはりオーダーメイド型のほうが、つけているという違和感もなくご使用いただけるかと思いますが……」

「で、それはいくらなのかね」

購入する気満々で、老人は尋ねた。年金ぐらしではあるが、多少の蓄えはある。しかし返ってきたのは、思ってもいない金額だった。

「はい、片耳で三十万円、両耳ですと五十万円になります」

「なに、そんなにするものなのか！」

申し訳なさそうに、店員が言う。

「従来からあるアナログと違い、最新のデジタル補聴器となりますので、やはりこの値段になってしまうんです。ただ、デジタル式ですから、会話以外の雑音を減らすノイズリダクション、正面からの音を聴きとりやすくする指向性、ハウリング音を減らすなど……」

「うむ、あまり難しい説明をされてもよく分からん。ただ、その、耳あな式というのを、一度、試してみることはできるのか？」

「オーダーではなく既製品でしたら、まずは三日間、お試しということでご使用いただくことができます。快適な補聴効果を、きっと実感いただけるかと……」

こうして老人は使い方を店員に教わり、耳の中にこっそりと補聴器をつけたのだ。意地の悪い笑みを浮かべながら。

夕方。静かに玄関を開けて家に入ると、すでに仕事を終えて帰宅した息子に、キッチンで嫁が話しかけている声が聞こえた。補聴器の効果はバツグンだ。以前なら、まったく聞こえなかった声がはっきりと聴きとれる。

「あら、もう六時。そろそろ夕飯の準備をしなくちゃ」

一瞬、「もうろくじじい」と聞こえたが、高性能の補聴器のおかげで、飛び出して怒鳴りつけずにすんだ。老人は胸をなで下ろし、さらに聞き耳を立てた。決定的な瞬間をとらえて、すかさず怒鳴りつけてやるのだ。

「だから、夕飯の時間くらい、お義父《とう》さまの好きな番組を観せてあげましょ。子どもたちの観たい番組は、ちゃんと録画してあるから大丈夫。ご飯の時は、子どもにとって興味のないテレビがついているくらいでいいのよ」

わしが観る番組は、つまらんものばかりで悪かったな。そう思ったが、まだ飛び出すほどの場面ではない。子どもにもテレビを観せてやれと主張していたらしい息子も、嫁の話を聞いて、「それもそうだな」と言っていた。

「それでね、あなた、お義父さまの話なんだけど。お義母《かあ》さまが亡くなってから、すっかり元気がなくなっちゃったでしょう？　元気を出してもらいたくて、子どもたちにも言って、なるべく笑い声が多い家庭にしてるんだけど……」

「おふくろが死んだことで、家じゅうバタバタしていたけれど、言われてみればそうだな。たしかに親父のこと、あまり考えてなかった」

「それまでは、おいしいおいしいって私の料理も食べてくださっていたのに、今は無言でお食事なさっているでしょう？　お口に合わないのかどうなのか、分からなくて……」

「本人に聞いてみればいいじゃないか」

「そうしてみたんだけど、お返事がなかったの。お義母さまが亡くなられてから、耳も遠くなっているみたいなの」

カチャカチャと食器の音がする。夕飯を作りながら、なお二人の会話は続いていたが、いつまでたっても、なかなか自分の悪口は出てこない。老人はさらに、壁の向こう側から、そうっと一歩キッチンに近づいた。

「耳が遠いことは、お義父さまにとっても、つらいことだと思うの。お義母さまがいなくなって、ただでさえ寂しいのに、子どもたちとも話ができないんじゃ、あんまりだわ」

高性能の補聴器は、嫁の涙声のような小さな音まで拾う。確かに、自分の耳が遠くなってからというもの、孫たちも自分に話しかけてはこなくなっていた。それが、老人には寂しかった。なぜそれを、あの嫁が知っているのか。

「あなたはいつも会社に行っているけれど、私はお義父さまとひとつ屋根の下で一緒に生活をしているから、なるべく分かってあげたいと思っているの。だから今のお義父さまのことは、あなたより知っているつもりよ」

いつも陰からわしを見ていたのは、そういうことだったのか。

「じゃあ、どうするんだ？　親父の耳が悪いせいで、キミがストレスをためるのもいいことじゃないよ」

老人の耳がピクリと動いた。我が息子は、親よりも自分の妻を大事に思っているのだろうか。

──まさか、厄介者のこのわしに一人暮らしをさせるつもりか……？

しかし、夫の言葉に嫁ははっきりと答えた。

「私は全然大丈夫よ。それより、お義父さまが元気を失くしてしまったのは、耳が聞こえにくいせいもあると思うの。それでね、私、駅前のメガネ屋さんで聞いたんだけど、今はデジタル式のいい補聴器があるんだって。オーダーメイドだと少し高いんだけど、それをお義父さまにプレゼントしようと思っているの。いいかしら？」

それを聞いた息子が明るい声で言った。

「そうしよう。きっと親父も喜ぶよ」

「もしかしたら、恥ずかしがっていやがるかもしれないけれど、おすすめしてみるわ。貯金を使って、みんなで節約すればなんとかなりそうなの。家族みんなからのプレゼントなら、きっとお義父さまも使ってくれるわ」

二人にばれないよう、老人はそっとその場を立ち去り、部屋に戻っていった。

翌日、老人はメガネ屋に行った。

「これは返すよ」

「お試し期間はまだ二日ございますが……なにか不具合でも？」

「いや、そんなことはない」

だとすれば、一日使っただけで、すっかり気に入ったに違いない。店員はそう確信して老人に尋ねた。

「ご使用されてみて、いかがでしたか？」

「ああ、とっても気に入ったよ。オーダーメイドなら、もっと具合がいいに違いないだろうな」

やはりそうだ。お買い上げ、ありがとうございますと、心の中で店員は叫んだ。

「では、ご購入いただけるということで、さっそくお耳の方のサイズを測らせていただいてよろしいでしょうか？」

しかし老人の答えは、思っていたものではなかった。

「いや、今日のところはこれは返して、帰らせてもらう」

なぜ、と問いかける店員の言葉は、補聴器をはずした老人には聞こえていなかった。しかし、老人は力強い声で言った。

「だが、近いうちにまた来るよ。必ずな」


（作　桃戸ハル）

そのときまで

どこにでもいる平凡な高校生だと、自分では思っていた。

公立の小学校、中学校を卒業し、地元の公立高校へ進学した。市役所で働く両親と同じように、僕もまた、やがては公務員にでもなるのだろう。平凡な人生を歩む、ごく普通の人間、それが僕だと思っていた——あの日までは。

いつもの道を通っていつもの駅へ。数駅の距離だったが、学校へは、電車で通っている。朝から、何も変わらない一日が始まろうとしていた。スマホをいじりながらホームで電車を待っていると、いつもと同じ時間の電車がやってくるのが見えた。大きな音を立てて、その先頭車両が近づいてきた瞬間。

強い衝撃を背中に感じ、あらがう間もなく、僕はホームから転落した。

何が起こったのかを考える時間も、痛みを嘆く時間もなかった。目の前に迫り来る電車。転落の痛みと突然の恐怖で、動くこともできない。いや、動けたところで、今さらホームに這《は》い上がることなどできないだろう。死を覚悟して目をつぶる以外になかった。

しかし、何秒たっても体に衝撃は感じない。それどころか、電車が近づく轟音も消えている。恐る恐るゆっくりと目を開けると、僕はなぜか、公園に座り込んでいたのだった。

「どうなっているんだ? 僕はたしか……」

あれは夢だったのかと思った、次の瞬間。

「私の声が聞こえるか、少年よ」

突然、声が聞こえた。耳から聞こえるというより、頭の中に響く感じだった。あたりを見回したが、誰もいない。どうやら声は、僕だけに聞こえているようだ。

「驚くことはない。君の頭に直接話しかけているだけだ——私の話を聞いてほしい」

声の主は、自分は未来人だと言った。声は低く、おそらく男性なのだろう。彼によると、そう遠くない未来、人類は、進化しすぎた人工知能との全面戦争に突入するのだという。

「人間の知性をはるかに超えた人工知能は、地球環境にとって、人間の存在が災いであると判断した。彼らは、我々人類を、滅ぼすことに決めたのだ」

そしてこの僕は、人工知能が送り出すロボット兵の攻撃に対抗する人類軍にとって、かけがえのない人物なのだという。

「君の存在なくして、我々人類の勝利はありえない」

そして次に、声は、力強く言った。

「だから、そのときがくるまで、なにがあろうと、君の命は私たちが守る」

未来の技術とはいえ、未来人が直接、この時代にやってくることはできないらしい。そのかわり、僕を危険から遠ざけるために、「存在している座標の瞬間的な変更」ができるのだそうだ。簡単に言えば、未来の世界から過去の世界を見て、そこにある物体を、短い距離だけ瞬時に移動させられるのだという。

難しいことはわからないが、誰にでもそれができるわけではなく、僕が、選ばれた特別な人間だからなのだそうだ。つまり、危ないとなったら、僕は、その場から助け出してもらうことができるらしい。

ホームからの転落事故が、誰かから命を狙われたものなのか、単なる事故なのかはわからない。しかし、その後も僕は、たびたび命の危険にさらされるような事件や事故に巻き込まれた。

ある時は、大型トラックが僕に向かってまっしぐらに走ってきたこともあった。またある時は、ファミレスで大火事に巻き込まれたりもした。

未来人の声によれば、それらの事故は決して偶然などではなく、人工知能軍が、僕の命を狙っているせいだという。

人工知能軍もまた、僕自身を殺すことができるロボット兵のような刺客を、この時代に直接送り込むことはできない。そのため、この時代に「干渉」することで、この僕を亡き者にしようとしているということだった。

しかし、そうした危機が訪れるたび、僕は、僕を守ってくれる未来人の不思議な力によって、助けられた。

人工知能が人類を滅ぼすというのなら、今の時点で、開発を止めればよいのではないか。そう考えてもみたが、それは無理だとすぐに気がついた。

交通事故をなくす自動運転技術のため、あるいは、株の取引など経済活動のため、もっと言えば、人間にとってより住みよい世界を求めて、人工知能は、世界的な大企業がしのぎを削って開発競争をしている。平凡な高校生が「人工知能が人間を滅ぼす」などと言っても、相手にされるはずがない。

しかし、その一方で、命を狙われるたびに、僕は、自分の使命を強く感じるようになっていった。銃などの武器の扱い方、サバイバルの方法、どのようにリーダーシップを発揮し、人類軍を組織し、率いていくか——学ぶべきことは多い。残された時間は決して長くないと感じる。

人類の命運は僕にかかっているのだ。人々を率いるため、そして皆《みな》から頼られる存在になるためにも、僕はもう、ただの高校生のままではいられない。

高校二年生に進級したばかりのある日、学校からの帰り道の商店街。遠くのほうから、人々の悲鳴が聞こえてきた。逃げまどう人々の中心にいるのはナイフを振り回し暴れる男であった。

危険ドラッグでもやっているのか、表情も動きも完全におかしい。

「どけどけ——！」

逃げる人々を追いかけるように、ナイフを振り回し、男はまっすぐこちらに向かってきた。

今なら、自分の足で走って逃げられる——そう思ったとき、通り魔と僕との間に、黄色い帽子をかぶり、大きなランドセルを背負った男の子がいるのが見えた。新一年生なのだろう。男の持つナイフは、その子どもに向けられようとしていた。

「危ない！」

僕はとっさに走り出し、男の子をかばった。抱きかかえて逃げるにはもう遅すぎる。ナイフの男はすぐそばまで近づいていた。

だが、きっと大丈夫。心の片隅には、今度もまた、あの力が助けてくれるだろうという計算があった。今までと同じように、僕はこの子と一緒に、どこか安全な場所に飛ばされるか、あるいは通り魔のほうが飛ばされるに違いない。

しかし次の瞬間、これまでに感じたことのない強烈な痛みが僕を襲った。背中を強く蹴られたのかと思ったが、そうではなかった。学生服の白いシャツがお腹のほうまで真っ赤に染まるのを見て、自分がナイフで刺されたことを理解した。

きゃーっという誰かの悲鳴が聞こえた。そして、遅まきながら駆けつけた、大勢の警察官が、男を取り押さえるのが見える。

こんなはずはない。僕がここで死ぬはずがない。だって僕は、人類を守らなくてはいけないんだから。

「どうして……」

か細く漏れた、僕の吐息のような声に応えるようにして、耳にあの声が響いた。

「人工知能軍の妨害工作によって、私たちにも、その子を守ってやることができないんだ」

「その子より、僕のほうが大事だろう。今までだってずっと僕を助けてくれたじゃないか?」

強烈な痛み。息ができない。遠のく意識の中で、僕はつぶやいた。

「そのときまで、何があろうと僕の命は守ってくれるって……」

それに答えるように、声は言った。

「そう、今がまさに、そのときなのだよ。人類を率いて人工知能軍と戦うのは、今、君が助けたその男の子なんだ」


（作　桃戸ハル）

見送る背中

タクシーの運転手を仕事にしていると、いくつか、嫌な経験をする。

深夜に乗せた酔っ払い客が、行き先も告げずに眠ってしまい、どこに行けばいいのかわからなくなること。イライラした客に、「五分でここに行け!」などと、とうてい五分では行けもしない場所を指示されること。カップルを乗せたら、浮気をした、していないの痴話ゲンカが勃発すること。男自身はまだ遭遇したことはなかったが、強盗にあった同僚もいる。

しかし、もっとも恐怖を感じるのは、そのうちのどれでもなく――これだ。

男は背中に冷たいものを感じながら、無意識のうちにハンドルをかたく握りしめた。おそるおそるルームミラーに目をやると、夜の闇が車内を暗くにごらせるなかに、青白い顔の女がうつむきかげんで座っている。告げられた行き先の方面も、できれば避けたい町だ。

よりによって、なんでこんな客を拾ってしまったのか。病院に近いあの交差点でタクシーを停めてドアを開けた瞬間、まさか、とは思ったのだ。そのときに何か理由をつけて走り去ってしまわなかったことを、男は後悔していた。

そのとき、女がふっと顔を上げた。

「あの……」

「はいっ」

男が返した声は、情けないほど裏返っていた。ごまかすように咳払《せきばら》いをして、必死に平静を装いながら、「なんでしょうか」と応じる。ルームミラーに映りこんだ女が、口もとだけで少し笑った。その微笑みに、心臓が凍りつく。

「そんなに怖い？　私のことが……」

図星をつかれて、男は視線を泳がせた。その視線の先で、信号が赤になる。「この客を早く降ろしたい」と思うときに限って、信号が行く手をはばむ。ついイライラして指先でハンドルをトントンと叩き続けるが、信号は男をあざ笑うように、鮮やかに赤いままだ。右に出されたウインカーの音だけが、車内に空虚に響いている。

「あなた、私を乗せたことを後悔してる？」

「いや、そんなことは……」

「ごめんなさいね。だけど私も、急いでいるから……早く帰らないといけないの……」

「いえ。大丈夫です……」

何が大丈夫なのか、自分でもよくわからない。ようやく信号が青に変わる。急いでアクセルを踏みこむと、車体が抗議するようにガクンと揺れた。雑な運転に、しかし乗客の女は何も言わない。その反応の薄さに、逆に男はひやりとする。

ぽつりと、フロントガラスに雫《しずく》が落ちた。その数が徐々に増えてゆき、やがて、ワイパーを動かさなければならないほどの雨になる。その雨音が、男をひどく憂鬱な気分にさせた。

「でも、こんなことってあるのね。ただの偶然なのかしら。もう、十年……いえ、十一年ね。あの子たちは二人とも、まだ小学生だったから」

「そ、そうだね……」

額に嫌な汗を浮かべながら、男はほぼ反射で言葉を返していた。

タクシー運転手を仕事にしていて、もっとも恐怖を感じるのは、酔っ払いを乗せることでも、強盗にあうことでも、ましてや、人間ではない者を乗せてしまうことでもない――十一年前に別れた妻を、たまたま乗せてしまうことである。

ほんの十数分前、病院にほど近い交差点で手を挙げている女の姿を見つけて、男はタクシーを停めた。それと同時に後部座席のドアを開けて振り返った瞬間、あらわになった女の顔に、男は絶句した。

開いたドアから後部座席に乗りこみ、運転手である男と見つめ合う形になった女も、すぐに大きく目を見開いた。最後に会った日から十年以上経っていたが、二人は、お互いが誰なのかを一瞬にして理解した。

「あなたは私を、乗せたくなかった？」

「いや、そんなことは……」

「でも、私は、よかった。乗せてくれたのが、あなたで」

「そ、そうか？」

思ってもみなかった言葉に、男の口調が、かつてのそれに戻る。そのことに気づいた女が、クスリと笑うのがミラー越しに見えて、男はあわてて視線を前に戻した。大きくなった雨粒が、フロントガラスを叩いている。

「あの日も、雨だったわね」

別れた妻が、そうつぶやいた。あの日——男が妻のもとを去った日のことを言っているに違いなかった。

二人が別れた理由は、男が作った借金だった。十年以上前、男は勤めていた会社を辞めて起業したのだが、事業に失敗して多額の借金を抱えてしまった。それはとても一年、二年で完済できる額ではなく、自分の未来が大きく変わる音を、絶望的な気持ちで男は聞いた。

そして、このままでは家族にも迷惑をかけてしまうことに思い至った男は、意を決して離婚を切り出したのである。

妻は、「一緒にお金を返していけばいいじゃない」と言ってくれたが、男はそれを受け入れなかった。もちろん、妻の愛情を感じて嬉しくはなったが、それに甘えてはいけない。こんな自分が父親では、まだ幼い息子と娘にも、十分なものを与えてやれないだろう。

妻の実家は会社を経営しており、裕福な家庭だった。ただ、自分との結婚に反対された妻は、親子の縁を切る覚悟で実家を出た。だが、自分と別れたとなれば、実家に戻れるかもしれない。そうなれば、妻は今より楽な暮らしが送れるはずだ。

「すまない……。だが、子どもたちのことを、一番に考えてほしい」

最後には、男が額を床に押しあてて、うめくように口にした言葉で、妻も納得してくれたようだった。

　そうして、夫婦は他人に戻り、男は家族と暮らしていた家からアパートの一室に引っ越したのち、タクシー運転手に転職したのである。借金の取り立てが万が一にも妻や子どもたちの生活に及んではいけないと考え、それ以来、連絡も絶った。だから、その後は、子どもたちにも会っていない。

「子どもたちは、元気か？」

「ええ。ユウキはこの春、社会人になったし、ミサも来年は成人式よ」

「そうか、もうそんな年齢《とし》か。すっかり、大人だな」

我が子が大人になるまで見守りたかったという本音が、男の胸に湧き上がる。咳払いして、その想いを追い出しながら、男は会話を続けた。沈黙には耐えられない。

「生活は、不自由なく送れているのか？　俺が聞くことじゃないのかもしれないが……」

「大丈夫よ。私も働きに出ているし、ユウキも社会人になったから」

「きみも働いているのか？　実家に戻ったんじゃ……」

「いろいろ考えて、帰るのはやめたの。あなたも養育費を入れてくれたし。それにどうしても、みんなで暮らしたあの家は離れられなくて……離れるには、いい思い出が多すぎたの。あ、ごめんなさい。まだきちんと行き先を伝えてなかったわね。あの家まで、お願いします」

そう言って微笑む元妻に、男は「かしこまりました」と、あえて仕事の口調で応えた。そうしなければ、切なく詰まった胸から、気持ちが言葉になってあふれてしまいそうだ。

借金を作って、「別れてくれ」としか言えなかった俺に、きみは今でも、いい思い出をもってくれているのだろうか？

「四人で暮らしていることが、私は本当に楽しかったの。だから、嬉しいわ。こうやって、思いがけない偶然で、またあなたの背中を見ることができて」

「え……」

ミラーに映る元妻の目もとに、切なげな色が宿る。振り返ることのできない男に、女は言った。

「あの日……雨のなか、家を出ていくあなたの背中を見送ることしかできなかったけど、本当は私、あなたのこの背中を、ずっと支えていたかったのよ。それだけは、憶えていてね」

かつて愛した妻の言葉に、男の心がぐらついた。

多額の借金は、まだ完済できていない。しかし、目処はついた。調子のいい話だとは自分でも思うが、もしかしたらもう一度、家族みんなで、あのころのように——。

「あ」

男の思考をさえぎるように、女が小さく声をもらす。ハッと我に返った男は、かつて自分が家族とともに暮らしていた家の目と鼻の先まで来ていたことに気づいた。

偶然の再会が終わってしまう。それに反発する気持ちを、男ははっきりと自覚した。

なつかしい家の前にタクシーを停めたまま、男はハンドルに視線を落として、ぐるぐると考えた。どう言えばいいのか……そもそも、自分のワガママで妻子の人生を大きく変えておきながら、こんな気持ちを口にしていいのか。あまりにも身勝手な話だし、子どもたちも許してはくれないかもしれない。十一年前と同じように、また家族の生活を壊してしまうことになるかもしれない。

それでも、俺は——。

身勝手な言葉が、男の口をついて出そうになったときだった。

ハンドルに寄りかかるように座っていた男の背中に、かつて妻だった女が、静かに語りかけた。

「子どもたちのこと、よろしくお願いしますね」

「え……」

耳もとに聞こえた声に、男は違和感を覚えた。間違いなく、妻だった人間の声なのに、たとえるなら自分たちの間に見えない薄絹が張られているかのような、些細だが確実な隔たりを感じたのだ。

何年も口にしていなかった妻の名前を無意識に呼びながら、男は後部座席を振り返った。

そこに、妻の姿はなかった。

「え?」

ドアは開いていないし、開けられた気配もしなかった。それとも、気づけないほど自分は動揺していたのだろうか。

降り落ちる雨が身体を叩くのもかまわず、男は運転席を降りた。あたりを見回しても、妻の姿はない。あるのは、明かりのついた、かつての我が家だけだ。

家の中に入ったのか? と思いながら男が家を見つめていると、明かりのついていた玄関がにわかに騒々しくなった。なんだ? と思っているうちに、扉が外側に大きく開いて、そこから人影が二つ飛び出してくる。

目が合った瞬間にわかった。二つの影も、男を見るなり、時間が止まってしまったかのようにピタリと立ち止まる。

「ユウキ……ミサ……か？」

「お、とうさん？」

つぶやいたのは、女の子のほうだった。続いて男の子のほうが――すでに社会人になった青年に対して「男の子」というのもおかしいのかもしれないが――どうして、と、雨音に消えてしまいそうな声で言う。

久しぶり、元気だったか、大きくなったな、突然すまない。思いつく言葉はいくつもあったのに、どれも、今この瞬間にはふさわしい言葉ではない気がして、男は白い手袋をはめた手を腹の前で無意味に組み合わせた。

「いや、たまたまなんだ。本当に、たまたま、母さんをタクシーに乗せて、今ここまで送ってきただけで……」

ただただ事実を伝えるのが精いっぱいだった。

そして、男の言葉に息子は両目を見開き、娘は悲鳴のような音と一緒に息をのんだかと思うと、途端に顔をゆがめてボロボロと泣き崩れてしまった。

「ミ、ミサ？　どうしたんだ？」

たまらず家の敷地内に足を踏み入れ、泣き崩れてしまった娘の肩をつかむ。声を上げて泣く娘の声は言葉にならず、かわりに答えたのは、青い顔をした息子のほうだった。雨にぬれた身体が、かがんだ男のすぐ目の前で、震えていた。

「母さん、一週間前に事故にあって、病院に運びこまれて……ずっと、意識不明だったんだけど、さっき病院から電話があって、容態が急変して、息を引き取ったって……」

震える声で、なんとかそこまでを言葉にしたところで、息子は押し黙った。息子が口にした言葉に、男は自分の身体から魂が抜け落ちていくのを感じた。雨音が遠ざかり、ただ、なつかしい声だけが、背中のほうでよみがえる。

——早く帰らないといけないの……。

彼女が立っていた交差点は、病院近くの交差点。家に帰ろうとしていたのは、子どもたちが待っているからだろう。

——子どもたちのこと、よろしくお願いしますね。

だからこそ、偶然再会できた自分に、最後にあの言葉を遺し、託したのだ。

……いや。あのタイミングにあの場所を自分が通ったことは……そこで、かつての妻を乗せたことは、偶然だったのだろうか？

まさか……彼女は最後に、自分に伝えたかったのではないだろうか。

――本当は私、あなたのこの背中を、ずっと支えていたかったのよ。それだけは、憶えていてね。

遠くから、雨の音が戻ってくる。それと同時に、あの日の記憶が、鮮明に男の脳内で再生された。

本当は別れたくなどなかった。そんな本心を必死に押し隠していた感覚とともに。

「病院に行こう！　父さんの車に乗りなさい」

男の言葉に、息子と娘がうなずく。大きくなったといっても、まだ幼さの残る二人の我が子を後部座席に乗せて、男はタクシーを出した。この子たちは、自分が守らなければならない。ここまで子どもたちを育ててくれた彼女の背中を支えてやれなかった分、せめて彼女を見送る義務が、自分にはあるのだ。

男がそう決意したのと同時に、フロントガラスを叩く雨がやむ。

タクシー運転手を仕事にしていて思うこと――人間ではない者を乗せてしまうことは、恐怖ではなく、優しくてあたたかい出来事だということだ。

（作　橘つばさ）

ロボットの銀行強盗

「ロボット三原則」というものがある。

第一条　ロボットは人間に危害を加えてはならない。また、その危険を看過することによって、人間に危害を及ぼしてはならない。

第二条　ロボットは人間から与えられた命令に服従しなければならない。ただし、与えられた命令が、第一条に反する場合は、このかぎりではない。

第三条　ロボットは、第一条および第二条に反するおそれのないかぎり、自分を守らなければならない。

この三原則は「良心回路」と呼ばれ、国内で生産されるすべてのロボットに組み込むことが法律で義務づけられている。ロボットは、用途にあわせてさまざまな能力を備えているが、この回路が組み込まれているかぎり、犯罪に利用されることはないのだ。

私は、あるロボットを開発することに成功した。もちろん、そのロボットにも「良心回路」は組み込まれている。しかし、私はそのロボットを利用して、あることを成し遂げようと考えていた。

銀行強盗である。

罪を犯すことができないロボットは、その意味では、犯罪の容疑者にはなり得ない。もし疑われたとしても、良心回路が組み込まれていれば、容疑を晴らすことができる。

私が開発したロボットは、人物を完全にコピーすることができる。顔面を３Ｄスキャンしたのち、合成皮膚を変形させ、スキャンした対象人物と同じ顔のつくり、皮膚の質感を再現することができるのだ。もちろん、目の色や指紋まで完璧に。

さらには、特殊合金で作った骨格を組み替えることで、体型も同じにできる。声やしゃべり方などは、ある程度の会話データがあれば、もっとも簡単に再現できる特徴である。

これらの能力があれば、私の理論上、たとえ三原則に縛られていたとしても、ロボットによる銀行強盗は可能である。いや、正確に言えば「銀行強盗」ではなく、「詐欺」になるのかもしれないが……。

考えに考えた計画を、私はついに実行に移した。

まず、銀行が閉まるタイミングに狙いすまし、出てきた支店長を拉致《らち》しなければならない。ロボットが手伝ってくれれば楽に終わるだろうが、三原則に縛られているロボットは、もちろん拉致などという犯罪行為には手を貸さない。ここは、私一人でやるしかないのだ。

私もけっして若くはないが、私より年をとった支店長を拉致するのは、思っていたほど難しいことではなかった。そのまま支店長を自宅に連れ帰り、ここから先はロボットの出番だ。

例のロボットで、支店長の顔と声をスキャンする。三時間後には、完璧なロボット支店長が誕生した。あとは、支店長から聞き出した金庫の開け方を、ロボットにプログラミングするだけだ。

支店長がすぐに金庫の開け方を話したのは、指紋認証や声紋認証による複雑なロックが破られるはずはないという自信があるからだろう。しかし、私が開発したロボットならば、そんなものは簡単に突破できるに違いない。

翌朝、ロボットは、私が下した命令どおり、支店長の自宅へ向かった。徹夜帰りのふりも完璧で、家族は心配こそしたものの、支店長がロボットに入れ替わっていようとは疑いもしなかった。私の作ったロボットの正体が見破られるはずがないのだ。

そして、一時帰宅したロボット支店長は服を着替えて、何食わぬ顔で銀行に出勤した。いよいよ、私の最後の命令を実行するときだ。

私はロボットに、こう命じておいた。

「銀行が閉まったら、必ず行内に誰もいなくなってから金庫に向かえ。金庫の中には、札束の詰まった袋が積まれているはずだ。千円札、二千円札、五千円札の袋は無視していい。一万円札の袋だけを持ってこい」

実行のときまでは時間がある。ロボット支店長は朝から、支店長としての仕事を完璧にこなしているようだ。銀行の外から様子をうかがっていたが、とくに問題が起きた様子もない。あとは、ロボットが札束を持ち帰るのを待つだけだ。うまくいけば、数十億円の金が手に入る。

いや、もはや疑う必要はない。私は自分の発明品による計画の成功を――ロボットによる犯罪の成功を確信し、胸を高鳴らせて家に帰った。

夜の十時ぴったりに、チャイムが鳴った。計画どおりだ、一秒の狂いもない。

玄関に出てみると、そこにはロボット支店長が立っていた。これでもう、本物の支店長に用はない。危害を加えるつもりは、もとからなかった。金を持って逃亡するときに解放するのも計画のうちで、我が家で丁重にもてなしていたのだ。

いや、今はそれよりも金である。

「ブツはどうした?」

私は帰ってきたばかりのロボットに尋ねた。するとロボットは、玄関の前に停めてあった車を指さした。金庫から運び出したものを車で運搬するように言っておいたのも私だ。数十億円ぶんの札束である。いくらロボットとはいえ、車でも使わないかぎり、人目に触れることなく運ぶことはできない。

それだけの大金が、すぐそこにある。無意識に、ノドがごくりと音を立てていた。

玄関に停まるワゴン車に、私はそうっと近づいた。武者震いする手でドアを開ける。そこに山と積まれている金を想像していた私の顔は、だらしなく笑み崩れていたことだろう。

しかし、ドアを開けたそこにあったのは、たくさんの空の麻袋であった。

なんだ、これは。一瞬、頭がまっ白になってから、気づく。これは、この袋は、札束を入れて保管しておく袋ではないか。

「おい……なんなんだ、これは……。誰かに札束を奪われたのか？」

武者震いとは違う震えがノドを震わせ、声を震わせた。しかし、ロボットに感情は理解できない。支店長とまったく同じ顔には、無表情が貼りついているだけだった。

「札束？　札束とは、なんですか？　私が命令されたのは『一万円札の袋だけを持ってこい』というものでした。そのときの音声を再生します」

人間そのものの体から、機械的な音が聞こえてくる。

「銀行が閉まったら、必ず行内に誰もいなくなってから金庫に向かえ。金庫の中には、札束の詰まった袋が積まれているはずだ。千円札、二千円札、五千円札の袋は無視していい。一万円札の袋だけを持ってこい」

支店長の外見をしたロボットから、私の声が再生された。それは間違いなく、私が命じたものだった。ああ、ロボットとはこんなにも不気味な存在だっただろうか。自分の発明品を前に、私はそんなことを思った。

「だから私は命令どおり、中身を銀行に置いて、一万円の札束が入っていた袋だけを持ってきたのです」

膝から一気に力が抜けて、私はその場にへたり込んでいた。ロボット支店長の足だけが見える。頭の中ではロボット三原則が、私を嘲笑うかのようにリフレインされていた。

第二条　ロボットは人間から与えられた命令に服従しなければならない――。

（作　桃戸ハル・橘つばさ）

失敗したキューピッド

忘れないうちに、と、森《もり》エミは登校してすぐ、町田《まちだ》詩織《しおり》の席に行って話しかけた。

「詩織ちゃん。これ、貸してくれてありがとう」

顔を上げた詩織が、眉下でまっすぐに切り揃えた黒髪を揺らして、エミを見た。エミが差し出したのは一冊の本だ。本好きの詩織に勧められて借りていた短編集である。

「もう読んだの？　早いね」

「あたしが一番好きだったのは、前に詩織ちゃんも言ってた、ハルとアキの話かな。かわいいカップルのお話だったから」

その瞬間、詩織が頬をつねられたような表情になった。

——え、あたし、何か悪いこと言った？

エミの胸に不安が迫《せ》り上がってくる。その不安を読みとったらしく、詩織が、ううん、と即座に首を振った。

「そうだね。ちょっと切ないけどかわいい話だし、わたしも好きだよ」

そう言った詩織の表情は笑顔に戻っていたが、どこか強張っているようにも見える。この話題は、これ以上続けてはいけない気がする——エミの脳内に警報音が鳴り響いたとき、それに重なるように、現実世界でも予鈴が鳴った。

「あ、じゃあ……よかったら、またオススメの本、教えてね」

「うん、もちろん」

その会話を最後に、エミは手を振って席に戻った。予鈴が鳴った瞬間、詩織がほっとしたような表情になったのが気になったが、それ以上、詮索《せんさく》するつもりはエミにはなかった。

詩織がこの本を買ったのは、じつは二回目だ。最初に買ったものは、今は詩織の手もとにはない。それがどこにあるのかは、できるだけ考えないようにしてきた。しかしエミに、「ハルとアキの話が好きだ」と言われたことで、閉じていた記憶のフタが開いてしまい、あのときのことを思い出した。

詩織は、自分と彼が、ハルとアキのようになれたらいいなと願っただけだったのに……。

*

詩織は、子どものころから――とくに、恋愛に関しては奥手だった。奥手だったから本の世界にのめりこんだのか、本の世界にのめりこんだから奥手になったのか、それは詩織自身にもわからない。ただ、現実の世界に対して心を閉ざしているわけではなく、多くの女子がそうであるように、高校に入って好きな男子ができた。

いつか読んだ本の主人公になんとなく似てるな、と思ったのが、二年からクラスメイトになった結城《ゆうき》春馬《はるま》を目で追うようになったきっかけだった。

高校の演劇部を舞台にした青春小説の主人公に、春馬は似ていた。小説の主人公は、演劇にかける思いが熱くて、仲間思いで、全力で青春を謳歌《おうか》する。その感じが自分とは違い、詩織にとって、憧れを感じる魅力的なキャラクターとなった。

一方の春馬は映画が好きで、学校では映画研究会に入っていた。たまに友だちと映画のことで熱く語っている横顔は、詩織が好きなあの小説の主人公と、ますます重なった。

「俺、三度のメシより映画が好きだからさ」

そんな古いフレーズで映画を語る横顔を見るたびに胸がキュンとなって、もっといろんな表情の春馬も見てみたいと思うようになった。「きっとこれが恋なんだ」とすぐに気づいたのは、いっとき恋愛小説にはまって、それればかり読んでいたからかもしれない。

しかし、恋心に気づいたところで、内気な性格が変わるわけではない。詩織は、これが恋だと気づいたあとも、なかなか春馬に話しかけることができなかった。クラスメイトなので、顔を合わせれば挨拶も短い会話もするが、それがやっと。小説のなかのヒロインたちは、どうしてあんなにうまく恋が成就するんだろうと、現実と小説の違いに、何度打ちひしがれたかわからない。それでも、自分の好きなものが本で、春馬の好きなものが映画だったことは、詩織にとって幸運だった。

ある日、春馬がいつものように、友だちと映画の話をしているのが聞こえてきた。オムニバス映画について話しているらしい。映画そのもののことは詩織にはわからなかったが、「オムニバス」という言葉で、最近自分が読んだばかりの小説を思い出した。その小説は、男女の恋愛や友情をテーマにした、オムニバス短編小説集だった。

この本を、結城くんに勧めたら、話すキッカケにならないかな……。

さらに詩織は、一世一代のアイデアを思いついた。机の中からノートを取り出し、そこに丁寧にペン先を走らせる。書き終わったページをノートから切り離すと、それを本の最後のページにはさんだ。

「結城くん……」

春馬がひとりになったタイミングで話しかけると、「なに、町田」と明るくこたえてくれた。ただそれだけのことでも、足がふわりと床から離れそうになる。それを懸命にこらえて、詩織は手に力をこめた。

「あ、あの、この本……映画好きの結城くんなら、興味あるかなと思って……」

詩織が両手で力いっぱい差し出した本を、春馬は不思議そうに見つめてきた。言葉足らずだったことに気づき、あわてて補足する。

「あ、さっき、オムニバス映画のことで話してたでしょ？　これ、同じ感じで、短編集なの。映像的な表現も多くて……だから、好きなんじゃないかな、と思って……」

言葉がしりすぼみになってしまった詩織を、じっと春馬が見つめる。そのまなざしに耐えきれず、詩織が目を閉じそうになったときだ。

「ありがとう。借りていいの？」

そう言った春馬の手が、詩織の持つ本をつかんだ。本を間にはさんで、春馬とつながった気がした。

「うん、もちろん！　それで、よかったら感想とか……返事、聞かせてほしいなって……」

「感想？　ＯＫ。じゃあ、読ませてもらうね」

詩織から受け取った本を軽くかかげて、春馬が笑う。とくん、と返事をしたのは、詩織の心臓だった。

――やっぱり、これは恋だ。

本を手渡したときの、「ありがとう」と言ってくれた春馬の表情を思い出しながら、詩織は感想と、そして「返事」を待つことにした。あまりにもドキドキと高鳴る胸は、そのときを待ちきれるだろうかと、ほんの少しだけ不安になりながら。

しかし、それから一週間経っても、二週間経っても、春馬からの反応はなかった。

本を読む速度は人それぞれだし、ほかに予定もあるだろうし、少し時間がかかっているだけだよね……と、詩織は自分に言い聞かせながら待った。

そして、本を貸してから一ヵ月と少しが経ったとき、予期せぬ方向から予期せぬ言葉を聞かされることになった。

「ねぇねぇ、詩織ちゃん。聞いた？」

制服のすそを引かれて顔を上げると、クラスメイトの森エミが瞳を大きくして立っていた。どうしたの？　と詩織が尋ねるより先に、エミが落ち着かない口調で言う。

「結城くんが、早苗《さなえ》ちゃんと付き合い始めたんだって」

「——え……」

その瞬間、ぶ厚い辞典で頭のてっぺんを殴られたような気がした。

「えっ、なんで……」

「たしか、早苗ちゃんと結城くんって、幼なじみなんだよね。幼なじみから恋人へ、っていうの？　なんか、いいよね、そういうの」

男子はニガテなのに恋バナは好き、というエミの感覚は、自分の手が届かないものへの憧れに近いのだろうと詩織は思っている。詩織にとっての春馬がそうだったように。けれど詩織は、その「憧れ」に手を伸ばしたいと思った。そして、できることなら、手をつなぎたいと。

——でも、これが結城くんの答えなんだ……。

これまではドキドキと高鳴り続けていた胸が、今は、キリキリとしめつけられるように痛い。

あの日、春馬に貸した本の最後のページに、詩織はメッセージを差し挟んでいた。

『最後まで読んでくれて、ありがとう。

好きです。ハルとアキのようなカップルになれたら嬉しいです』

それに対する春馬の返事が、クラスメイトの別の女子と付き合うというものだった。直接返事をくれなかったのは、春馬の優しさなのか、それとも冷たさなのか。いずれにせよ、詩織の想いは、はかなく砕け散った。

ダメならダメで、きちんと言葉で伝えてほしかった。そう思ってから、いや、と耳もとでそれを否定する声がした。もしも、面と向かって「きみとは付き合えない」と言われたら、それはそれで気持ちを粉みじんにされていた気もする。結局、「もしも」を考えてもしょうがないのだ。

早苗と付き合い始めたと聞いて以降、詩織は春馬と同じクラスにいるのも気まずいのに、春馬のほうは詩織のことを忘れてしまったかのようにふだんどおりで、そのことも詩織の胸をしめつける。

選ばれたのは早苗で、自分ではなかった。ただ、それだけのことなんだ。

そう言い聞かせてあきらめようとしていたのに、聞きたくない声まで聞こえてしまうのは、同じクラスゆえの軽い拷問である。

「そういえば春馬、おまえ、早苗ちゃんに、なんて告《こく》ったんだよー」

休み時間、いつものように集まっていたクラスメイトが、春馬にそう尋ねたのだ。

聞きたくない、と思いつつも、聞き耳はどうしても立ってしまう。自分の席で本を読むフリをしながら、詩織は春馬たちの会話に神経を集中させた。

「違うよ。告ってきたのは早苗のほうだって」

「え、なに。そうなの？」

「まあ、俺だって、あいつのことは好きではあったけど、あいつが『仕方ないから付き合ってあげるよ』とか、上から目線で告白してきてさ。ほら、俺らって幼なじみじゃん。だから、あいつ、照れ隠しでワザとそんな言い方してきたのかなと思って、OKしたんだよ。あいつなりに、勇気を出してくれたんだろうな」

「なんだよ！　結局、ノロケかよ！」

「おまえが聞いてきたんだろ！」

天井を仰いだ友人に、春馬が腕を回して首をしめるフリをする。ぎゃあぎゃあと、笑いながら大げさに騒ぎ始めた男子グループを横目に、詩織は本をつかむ手に力をこめた。先ほどから、ページは進んでいない。もう一文字も、頭に入ってこなくなっていた。

その日は結局、そこから読み進めることができなかった。本を読めなくなるなんて、詩織にとって初めてのことだ。それくらい、春馬のことを引きずっている——引きずってしまうくらい好きになっていたんだ、と思い知らされるばかりだった。

「あ、詩織ちゃーん」

エントランスで上履きからローファーに履き替えていると、うしろから聞き慣れた声に呼ばれた。できるだけ笑顔で、いつもどおりを装って……と思いながら振り返ったのに、その瞬間に自分の顔が強張ったのが、詩織にはわかった。

そこには、エミと一緒に、早苗が立っていた。ある意味、今は一番、顔を合わせたくない相手だ。

「エミちゃん、早苗ちゃん……一緒に帰るの？」

「うん。ちょうど早苗ちゃんも帰るところだったから」

「春馬が先生につかまっちゃったみたいで、ちょっと時間かかりそうだったから、先に出てきちゃった」

ふぅん、そうなんだ……と答えながら、自分の声が他人の声のように詩織には聞こえた。自分の声より、「春馬」と親しげに呼ぶ早苗の声が、強く耳に残っている。

「よかったね。結城くんへの告白が、うまくいって……」

気づけば、そうつぶやいていた。え？　と首をかしげる早苗は、詩織から見てもかわいい。ショートカットで少しボーイッシュな雰囲気だが、色は白いし目もくりっとしている。

だから、春馬は早苗のほうを好きになったのかもしれない。

「今日、教室で結城くんが友だちに話してるの、聞いちゃったの。告白したのは早苗ちゃんからだったって。『仕方ないから付き合ってあげるよ』っていう告白、幼なじみで仲がよかったから、できたんだよね？　うらやましいなぁ」

ああ、今のわたし、すごく嫌な感じ……。

自分の言葉の端々に小さなトゲが含まれているのが、詩織自身にはわかった。それでも止めることができなかったのは、自分の気持ちがまだ春馬から離れていないことも、よくわかっているからだ。

これ以上、早苗と一緒にいないほうがいい。自分がどんどん、嫌な人間になる。そう思って、詩織が二人に背を向けようとしたときだ。

「アイツ、そんなこと言ってるんだ。そうじゃないよ、詩織ちゃん」

「え？」

詩織のトゲには気づかなかったのか、早苗は笑いながら、顔の前で立てた手を横に振った。

……「そうじゃない」？　何が？

心の中で疑問をつぶやいた詩織に、早苗が顔を寄せる。内緒話をするときのように、早苗の声のトーンが落ちた。

「告白してきたのは、春馬のほうだよ」

それは、詩織にとって、予想外の返事だった。

「え？　でも……」

「じつはね、しばらく前に、春馬が本を貸してくれたの」

「本？」

「『この本を読んで、感想を聞かせてほしい』って渡されたから、読んだの。そしたら最後のページに紙がはさまっててね。そこに書かれてあったのよ」

先ほどまでキリキリと痛んでいた胸が、不規則な鼓動を打つ。エミは隣で「それで？」と好奇心に瞳を輝かせているが、詩織には、聞いてはいけない話の予感がした。

「その紙に、こう書いてあった。『好きです。ハルとアキのようなカップルになれたら嬉しいです』って」

思わず、詩織は口をおおった。あまりのショックに、言葉も出ない。

「ハルとアキっていうカップルが、その小説に出てくるんだけど、すごく素敵な恋の話だったの。だからあたし、春馬に返事したのよ。『付き合ってあげるよ』って。この場合、告白してきたのはアイツってことになるよね？」

「たしかに！　でも、結城くんって、けっこうロマンチストなんだね。本にラブレターをはさむなんて。あたしもその本、読んでみたいな」

エミの声が、詩織にはひどく遠く聞こえる。

ああ……なんだ、そういうことか。これじゃあ、恋愛小説じゃなくて、コメディーだ。

「ごめん……わたし、用事があるから、帰るね。あ、エミちゃん。その本、わたしも持ってるから、よかったら今度貸すよ」

「えっ、ほんと？　ありがとう！」

――そのとき、詩織が「本を貸す」と言ってしまったのは、今、早苗の手もとにある本が、もとは自分の本だったということに気づかれないようにするためでもあり、一刻も早く話題を切り上げて、その場から立ち去りたかったからだ。

つまり、こういうことだ。

春馬は、詩織が貸した本を、そのまま早苗に「また貸し」した。詩織が書いた手紙の存在にさえ気づかないまま。もしかしたら、本を開きもしなかったのかもしれない。どうしてそんなことをしたのかと考えて、詩織は自嘲的な気分になった。

わたしが、「感想を聞かせてほしい」って言ったからかな……。

春馬が早苗に本を貸したときに言った言葉も「感想聞かせて」だったと言っていた。もしかしたら春馬は、詩織に借りた本をかわりに早苗に読ませて感想を聞き、その感想をそのまま詩織に返そうとしていたのかもしれない。本を読む時間を省くために。本を読むより、「三度のメシより好き」な映画を、一本でも多く観るために。

まさか自分の告白が、春馬と早苗の付き合うきっかけになっていたなんて。そしてそのことを二人とも知らないまま、自分のほうが相手に好かれて付き合ったんだと思いこんでいる。

「こんなマヌケな恋のキューピッドなんて、いないよ……」

視界がにじみそうになって、あわてて目をこする。ここで泣いてしまったら、もっとみじめになる気がした。

ふー……と細く息を吐いて、空を見上げる。きれいな夕焼け空が自分をなぐさめてくれているように、詩織は感じた。いつか読んだ恋愛小説の主人公も、こんな夕焼けに背中を押されて、次の恋に踏み出したのだろうか。

とにかくこれで、春馬のことはあきらめられる。春馬にとって映画が大事であるように、詩織にとって本は大事だ。人の大切なものを、無断で「また貸し」し、感想まで盗もうとするような人とは、いつか何かが決定的に合わなくなってしまうに違いない。

実際の恋は小説みたいにうまくはいかない。それでも、まだ小説のような恋愛に憧れていたい。そんな相手が、きっと現れることに。

もう一度あの本を買おう、と詩織は思った。素敵な恋の物語との出会いは、何度だって夢を与えてくれるのだから。

（作　桃戸ハル・橘つばさ）

待つ人

久しぶりにその町を訪れる者がいたならば、町の様子がすっかり変わってしまった、と思うだろう。

そこは、かつては漁港を中心に栄えた活気ある町だったが、近年、漁師の高齢化や後継者不足から徐々に漁業が衰退し、いまやかつての活気など、どこにもない。港を出入りする船も数えるほどで、漁をしているのは、あと何年できるかわからないような高齢者ばかりだった。

若者はみな、安定した職を求めて、都会へ出ていった。

ところが数年前、隣町に新しい鉄道の駅ができ、海に沿って幹線道路も開通したことから、まだ比較的安い土地を求めて、その町に新しい住人が移り住んでくるようになった。

まさにいま、町は開発ラッシュを迎えようとしていた。建て売りの住宅や場違いなほど大きなマンションが次々と立ち並びはじめていた。オーシャンビューの景色も、マンションが人気となる一因となった。

しかし、それは古い住人には悲劇であった。土地を開発するために、強制的な買収や嫌がらせがはじまり、立ち退《たの》きにあって、町を追われる者が絶えなかったからだ。まもなく八十歳になろうかという勝代《かつよ》も、その嫌がらせを受ける一人であった。

「婆さんも、意地はってないであきらめなよ。お隣さんも、結局は売り払っただろ。高く売れたって喜んでたぜ。こんな土地に一人でしがみついていたって、いいことねえだろ!!」

この男は、地上げ屋だ。このところ、毎日やってくる。勝手に玄関の上がりかまちに座り込んでは、一時間、二時間と居座りつづける。

「何度言えばわかるんです。私は売るつもりはありませんから、帰ってちょうだい！」

背筋をぴんと伸ばして正座する勝代は、男の脅しにまったくひるむことなく吐き捨てた。

勝代は、この家を一人で守っていた。古くからの家屋が密集する一帯は、ほとんどがこの一年で立ち退いた。どうやらここに、新しいマンションが建つらしい。勝代の土地は、マンションのエントランスにあたり、開発業者にとっては、どうしても必要な土地だったのだ。

「このあたりじゃ、もう婆さんしか残ってねぇ。意地悪しないでくれよ」

「断ります」

「……昨日言った金額じゃ不満なのか?」

男は、急に真顔になった。

しかし、勝代は、きっぱり答えた。

「お金の問題じゃありません。私は、この土地を離れるわけにはいかないんです」

「ほぉー、そうかい」

男はタバコに火をつけ、深く吸い込むと、わざと白い煙を勝代の顔に吹きかけた。

「……で、どんな理由《わけ》があるんだい?」

「あなたに言っても、仕方ないわ」

「そう言わず、聞かせてもらいますよ。事情によっては、あきらめてやってもいい」

男はからかうように言う。

「漁師のご主人のことだろ?」

「……そう」

開け放たれた玄関の先に、真っすぐな坂道が続いている。その先に広がる海のなかに何かを探すような眼差しで、勝代は淡々と話しはじめた。

その夏は、次から次へと台風が襲ってきて、ほとんど漁に出ることができませんでした。このままでは生活が立ち行かなくなると、町の漁師たちは、みな嘆いていました。

その夜も台風が迫っていて、明日も漁は無理だと、誰もが思っていました。じっとりと湿気のまとわりつくような、とても寝苦しい夏の夜で、主人も私もなかなか寝つけないでいました。

翌日、台風の勢いは、まったくおとろえていないのに、早朝から主人がむくっと起き出し、「ちょっと出てくる」と言って、玄関を出ていったんです。

漁に出たようでした。私は、激しい風雨のなか港に行ってみましたが、主人の船が見当たりません。私は港で待ちましたが、昼になっても、夜になっても、船は戻ってきませんでした。なぜ主人が、そんな日に漁に出たのか、今でもわかりません。

翌朝、台風一過で晴天となり、主人は必ず帰ってくるだろうと思いました。

主人は、海も天候も船も、すべてを知り尽くしたベテランの漁師ですから、きっとどこかの島に避難し、台風をやりすごしているのだろうと思ったからです。

しかし、それから一週間たっても主人は戻ってきませんでした。

仲間の漁師が捜索してくれましたが、何の手がかりも見つかりません。

それから十年以上が経ちました。

みなが「あきらめろ」と言いますが、私は、いつか主人が帰ってくると思っています。

「すまん、遅くなったな」

と言って、玄関先にあらわれるような気がするんです。

主人は、必ず帰ってきます。だから、ここを動くわけにはいかないんです!! 私がいなくなったら、主人の帰る場所がなくなってしまうんです!!

これまでの我慢が抑えられなくなったのか、勝代の目は涙であふれていた。男の肩も、わずかだが震えていた。男の口からは、嗚咽《おえつ》のようなものがもれた。しかし、それは、泣き声のようではあったが——男の笑い声であった。男は哀れな勝代に構うことなく、タバコを灰皿に押しつぶすと、笑いながら言った。

「婆さん、あんたのダンナ、死んでるよ」

「……何てことを」

勝代は啞然とした。同情をひこうとしたわけではなかったが、まさか笑われるとは思っていなかった。

「悪いけど、ご主人、帰ってこねぇって。もし、生きていたとしたら、あんたから逃げたってことだろ？　おおかた、若い女でも作って、気まずくて死んだふりしたんじゃねえのか。察してやれよ。『台風で死んだ』ってことにして、いつまでも執念深く待たないことが、あんたにとっても、ダンナにとっても、もちろん俺にとっても、マンションに住みたいと思っている人にとっても幸せってもんだろ？」

「主人は必ず帰ってきます」

「十年以上だぜ。もういいだろう。土地を売って、お金もらってさ、どっかいいマンション買って、余生を楽しんでみなよ……」

「勝手なこと言わないで！」

勝代の声が屋外にまで響いた。

「婆さん、今日は帰るが、また明日来るからな。いくら欲しいのか、よく考えといてくれ」

そう言うと、男はクルマの鍵のキーホルダーを指でくるくるまわしながら出ていき、黒塗りのセダンを走らせて、どこかへ消えた。

「……私は、絶対に、ここを離れるわけにはいかないんです」

勝代は、自分に言い聞かせるように言い、ハンカチで涙をぬぐった。


次の日、男は予告通りあらわれた。

「婆さん！」

勝手に家の中にズカズカと入りこみ、手に持った書類をバンッと広げた。

「さあ、これに判を押してもらおうか」

それは、土地の売買契約書だった。

「何ですか、これは！　私は売るつもりないと言ってるでしょ。こんな強引なやり方をするなら警察を呼びますよ」

「へぇー、警察をねぇ。警察は、この町の発展を願う我々と、一人の意地の悪い婆さんの、どっちの味方をするかな？」

男がそう言うと、勝代自身も、「警察は味方になってくれない」と思ったのか、警察への通報はあきらめたようだった。

「婆さん、ダンナは帰ってこねぇ。もうあきらめろ」

「帰ってきます!」

「じゃあ、仕方ねぇ……。最後の手段だ」

男が携帯電話で誰かと話したかと思うと、遠くで大きなエンジン音が鳴り響いた。そして、バリバリッと嫌な音がした。

「なんですか?」

「垣根がやられたかな? 早く逃げたほうがいいぜ」

男は、にやっとした。

勝代は嫌な予感がして、あわててサンダルをはいて外に出た。すると、ショベルカーが垣根を突きやぶって庭に侵入し、庭木をなぎ倒しているところだった。そして、そのままの勢いで勝代の家に襲いかかり、壁に大きな穴があいた。

「なにするの! やめて!」

力なく地面に泣き崩れた。声にならない声を上げて、勝代は地面を何度もたたいた。

しばらく遠くからその様子を見ていた男は、落ち着く頃合いを見て近づいてきた。そして、表情を変えることなく契約書を目の前に突き出し、諭すように言った。

「婆さん、どっちにしろ、こうなるんだ。……さあ、判をもらおうか」

勝代の負けだった。そもそも、老女一人が太刀打ちできるような相手ではなかったのだ。

勝代はしぶしぶ契約書に判を押した。


それからすぐに、勝代は家を出た。穴が空いた家にはもう居られないと思ったのか、財布や通帳、貴重品などをバッグに押し込んで、近隣への挨拶もなく早々に町を出ていった。この町にはもう居たくないとでも言うかのように、「前に提示された額でいいから、早く現金でもらいたい」と申し出て、それを受け取った日には、どこかへ去って行った。

それは、地上げ屋にとっては願ったりかなったりで、次の日から解体工事が急ピッチで進められるようになった。なにしろ、大型マンションの着工は二週間後に迫っている。早く更地にしなければならなかった。

強引な立ち退き交渉を成功させた男は、その日、解体の様子を見にきた。

「……婆さん一人に、こんなに手こずるとはな。俺も甘くなったもんだ」

男は、満足感にひたりながら、ほとんど原形を失った家屋を見て、一服した。

そのときだった。

「おいっ！　止めろ！」

「なんだ！」

奥のほうから大声がして、やがて重機の音がやんだ。

「どうした？」

男は、吸いかけのタバコを捨てて、作業員の集まる現場に向かった。作業員の一人が、土に埋もれた白いものを手でかきわけている。

「これは……」

男は絶句した。

それから五分としないうちに土のなかからあらわれたのは、ほぼ人間とわかる一体の白骨死体だった。

「……なんで家屋の下から人骨が」

男の頭は混乱した。いったい、誰の死体なんだ。

「おい、警察に連絡しろ」

「今日は中止だ」

解体工事はその場で中止になった。

通報を受けた警察は、パトカーですぐにやってきて、家の周りに黄色い規制線のテープが張られた。噂はあっという間に町中に広まり、これほどの住人がいたのかと驚くほどの野次馬が家の前に群がった。

面倒に巻き込まれるのは勘弁とばかりに、男は、混乱に紛れて早めに現場を立ち去った。婆さんを立ち退かせるまでが、自分の仕事で、その後のことは知ったこっちゃなかったからだ。

しかし、クルマで町を離れる頃、男は、ふと思った。

「……あれは、もしかしたら」

男には、白骨死体が誰のものかわかった気がした。しかし同時に、解せない部分もあった。

「でも、なぜ……」

検死の結果、勝代の自宅跡から出てきたのは、勝代の夫の遺体だと断定された。そして、頭部に大きな損傷があることから、他殺が疑われた。

自宅の軒下《のきした》に埋められていたということは、妻の勝代が事件のことを知っている可能性が高い。しかも、周辺住民への聞き取りから、夫婦仲が決して良好ではなかったことがわかり、勝代の関与が疑われた。

すでに数日前に家を出ていた勝代に対し、死体遺棄の疑いで逮捕状が出た。

もちろん、こうなることを見越していた勝代は、捕まるまいと逃亡生活を企てていたのだろう。しかし、新聞で事件が報じられたとたん、ある温泉町の旅館に怪しい老婆が一人で宿泊しているという情報が警察に寄せられ、あっという間に勝代は逮捕された。

すっかり憔悴《しょうすい》しきった勝代は、警察の取調室ですべてを打ち明けた。

「私が殺しました。台風が迫っていた、十二年前の夏の夜、主人が寝ていたところを撲殺《ぼくさつ》し、ここなら絶対にバレないと思い、軒下に埋めました。そして、漁に出て失踪したと見せかけるため、その夜のうちに港に出て、主人の船にエンジンをかけて無人で沖のほうに走らせたんです」

この小さな老婆に、そこまでのことが一晩でできるものかと、聞いていた警官は驚いた。

「しかし、なぜ台風のときに？」

「台風のときなら、誰も屋外に出ません。見つからないと思ったからです」

「なるほど……。で、殺害の理由は？」

「夫の……浮気です」

　警官は、何も言わず、話を続けるよう、目でうながした。

「あの日、主人が『好きな女性ができたから別れてくれ』と言い出したんです。聞けば、相手は、孫のような年齢の女でした。あなたはダマされているんだ、と言っても、『彼女は、そんな娘《こ》じゃない』と、かばうだけじゃなく……」

　そこから先は涙声になって聞き取れない部分もあったが、

「お前みたいな婆さんと、この先の人生をともに暮らしたくない。お前が出て行け」

と、暴力をふるったという。勝代が夫を殺したのは、その夜のことであった。

　勝代が立ち退きに抵抗したのは、遺体を発見されないためだったのか、それとも骨になった夫と一緒に暮らしているつもりだったのか、表情を失った彼女の顔からは何も読み取ることはできなかった。

（作　桃戸ハル）

呪いの指輪

夕暮れ時、町角にある小さな宝石店を、一人の女性が訪れた。女性は毛皮のコートに身を包んでいたが、小柄なため、動物をおぶっているように見えてしまう。高いハイヒールをはいて少しでも体を大きく見せようとしているようだった。

深紅のハイヒールをカツカツさせて店内を歩きまわっていたその女性は、あるショーケースの前で足を止めた。そこには、大きな宝石のついた指輪が飾られている。深い緑色に、黒い渦状の模様がうっすら浮かんだ不思議な石だ。なんという宝石なのかはわからなかったが、女性は一瞬にして、その指輪に目を奪われた。

しかし、その指輪は値段も人目を引くものだった。ざっと見たところ、この店でもっとも高い値がつけられている。女性は、ゼロを数えた指をそのままアゴにそっと添えた。ふつうの人なら、まず手が出せない値段。しかし、女性の顔に、あきらめの色は見えなかった。

「いらっしゃいませ」

そこに、店主の男が現れた。髪の量は十分にあるが、色は黒より白が多い。女性客を見つけた瞳が、カエルの目のようにギョロリと動いた。

「何か、お探しですか？」

「ちょっと、のぞいてみただけだったんだけど、素敵な指輪があるわね」

女性はそう言うと、ハイヒールと同じまっ赤な口紅《か》をひいた唇をつり上げた。

「この指輪をいただこうかしら」

マニキュアを塗った長い爪で、女性は、不思議な魅力を放っている例の指輪を、迷うことなく指したのだった。

しかし、それを見た店主は、すっと眉間にシワを寄せた。そんな店主の顔色を見て、女性は金の問題だと思ったらしい。

「心配しないで。わたし、夫が資産家だから、お金には余裕があるの。わたしは後妻なんだけど、夫はとてもいい人でね。背も百八十センチくらいあって、カッコよくて、優しくて、わたしが欲しいと言えば、夫はなんでも買ってくれるわ」

まっ赤な唇をつり上げ、女性が言う。それでも店主の眉間からシワは消えなかった。

「いいえ、お金の問題ではなく……こちらの指輪は、どなたにもお売りできないんです

こ

よ」

「売れない？　売れないって、どういうこと？　店頭にこうして置いているということは、商品ということでしょう？」

今度は、女性が眉間にシワを寄せる番だった。すると店主が、おっくうそうに首を
振る。

「こちらは、商品ではあるのですが、展示用でして、売るつもりはないんです」

「だったら、値札がついているのは不自然じゃなくて？」

「それには、ワケがありまして……」

煮え切らない返事を、店主が口の中でつぶやく。それがますます、女性には気に食
わない。

「いいじゃない、売ってちょうだい。わたし、この指輪が気に入ったの」

「いえ、ですから……じつは、それはもう、すでに売約済みの商品でして」

売約済み？　と、オウム返しにつぶやいた女性のほっそりした眉が、小さく跳ねる
ように動いた。

「言ってることが違うじゃない。売れないって言っておきながら、わたし以外の客に
は売るの？　客を選ぶの？　だったら、わたしがもっと高いお金を払えば文句はない

のかしら」

「は？」

「ここに書かれてある値段より多く出すと言ってるの。そうしたら、売ってくれるかしら？」

それは……と、店主が困り果てたように口ごもる。カエルのような目をくるくると動かして、必死に考えをめぐらせているようだった。

やがて、いい考えが浮かばなかったのか、店主の口からあきらめたようなため息がもれた。

「だめです。どうあっても、お売りすることはできません」

これまでで一番しっかりとした口調に、女性は、かっと頬に血を上らせた。

「売るつもりがないなら、どうして売り物として置いているのかって聞いてるの！しかも、見えすいたウソまでついて、不愉快だわ!!」

声を荒らげる女性を、店主が上目づかいに見る。この数分で、一気に年をとったように見えた。

「わかりました。では、お話ししましょう。どうして、この指輪をお売りできないのかを」

「もったいぶらないで！　客を選んでるだけでしょう!?」

噛みつくように言い放つ女性に、店主は疲れきったように、首を横に振った。

「そんなことじゃありません。これは……この指輪は、呪いの指輪なんです」

一語一語を噛み締めるように口にした店主を、女性はまじまじと見つめた。

「呪い、ですって？」

「はい……。これまでに何人もの人々が、この指輪の持ち主になりました。しかし、その人たちは、ことごとく非業の死をとげているのです。ある方は健康そのものだったにもかかわらず突然の心臓発作で倒れ、またある方は自宅のプールに服を着たまま浮かんでいるところを発見され……。やがて、この指輪には呪いがかかっていると、まことしやかに噂されるようになりました。それが流れ流れて、今はうちに……」

ふうん、と、女の長い爪が唇をなぞる。そこに、いたずらっぽい笑みが生まれた。

「そんな物騒なものに、よくこれだけの値段をつけるわね」

「売れないようにするための措置です。売約済みの『売り物』にして飾っているかぎり、この指輪はわたしどものものではありませんから、わたしに呪いはかかりません。ですが、『売り物』でなくすると、わたしの所有物になってしまいます。そうすれば、わたしに呪いがかかってしまう。先代の店主は、売り物にしなかったせいで、不幸な列車事故にあい、亡くなりました」

ぷっ、と女性の唇から弾けるように笑いがこぼれた。そのまま、女性は声を上げて笑い始める。とまどったようにまばたきを繰り返す店主に、やがて、女性が怒りのまなざしを向けた。

「そんなバカなことが、あってたまるもんですか！　あなた、わたしにこの指輪を売りたくないから、いい加減なこと言ってるんでしょう？　指輪の呪いなんて、あるわけないじゃない!?」

店主がカエル目を、いっそうギョロリと大きく見開く。女性の気迫も負けてはいなかった。

「ふざけるのも、いい加減にして！　あなたがどうしてもこの指輪を売らないというのなら、店ごと買い取って、あなたを追い出すだけよ」

女性はニヤリと笑みを浮かべると、ショーケースの中の指輪を横目で見つめた。深緑色の石に、黒い渦が巻いている。その渦が、女性の輝く瞳にも映りこんだ。

店主が、再び深々と息を吐いた。ついに何かを観念したかのようなため息だった。

「わかりました。しかし、何があっても、わたしは責任をとりませんよ？」

「ええ、結構よ。そんなウソくさい呪い話なんて気にしないわ」

　はっきりとした口調で、女性が言う。カツンカツン、とハイヒールを鳴らしてショーケースに近づいた女性は、両手の平をぴたりとケースにくっつけた。指輪を至近距離から見つめる瞳が、不穏な輝きを帯びる。それを見て、店主はそっと目を閉じた。

「では、お包みいたしますので、少々お待ちください」

　営業用に切り替えた口調で、店主が言う。すると、ケースを開けようと近づいてきた店主に女性がすっと手の平を向けた。

「ちょっと待って。ついでにお願いなんだけど、この指輪、サイズがちょっと小さいようだから、調整していただけるかしら」

「サイズ、ですか？」

　つぶやいた店主が、ちらりと女性の手に目を向けた。小柄な女性の手は、一般的な女性の手よりもむしろ一回り小さいように見える。

「お客さまのお手でしたら、指輪のほうが大きいくらいかと思いますが？」

　まるで、そう言われることをあらかじめわかっていたかのように、女性は口元をほころばせた。無邪気な子どものように首を少し横に倒し、店主に流し目を送る。その目線だけは、無邪気な子どものものではあり得なかった。

「そうじゃなくて、身長百八十センチくらいの男性の指に入る大きさに直していただきたいの」

女性の言葉に、男がきょとんと目をみはる。それを見て、女は心地よさそうに微笑んだ。狡猾《こうかつ》な大人の笑顔だった。

「だって、それは、持ち主を死に追いやる呪いの指輪なんでしょう?」

一拍おいて、すべてを察したように店主は目を細めた。彼もまた、狡猾な大人なのだった。

「かしこまりました。すぐに、お直しいたしますので、こちらでお待ちください。あ、もし指輪がご不要になりましたら、当店までお申しつけくださいね。奥さまの所有物になるといけませんから、当店で買い取らせていただきます」

「ええ。ありがとう」

店主がショーケースの鍵を開ける。その中から、女性が自ら指輪を取り出し、店内の明かりに透かして見つめた。

黒い渦が、二人の瞳を満たしていた。


（作 桃戸ハル・橘つばさ）

思い出の絵

待ち合わせ場所に指定した路地裏へ姿を現したのは、わざとらしいくらいの変装で素顔を隠した人物だった。足首まであるトレンチコートに、深い帽子。マフラーで口元をおおい、目は色の濃いサングラスの奥に隠されている。手袋までしているので、肌がまるで見えない。俺の目からは、男か女かさえわからなかった。

「Z《ゼット》というのは、おまえか」

変装したその人物が声をかけてきた。俺は目を細めた。なるほど、声から察するに、相手が男であることは間違いなさそうだ。

「その名は口にするな」

取引をするときは、常に人気のない場所を選んでいる。しかし、その名が世間を騒がせていることを自覚している俺は、用心に用心を重ねて、小さな声で変装した男に言った。

怪盗Z。標的に定めたものは必ず、どこにあっても盗みだす。それが俺の今の名であり、仕事であり、誇りだ。

「事前に話したとおり、頼みたい仕事がある」

マフラーを押さえながら、相手はそう言った。変装のつもりなのかもしれないが、全然なっていない。俺がため息をついたことに男は気づかなかったのか、こもった声で話を続けた。

「金は払う。前金で一千万……依頼が果たされたら成功報酬として、さらに二千万出そう。私の名前は、明かす必要ないだろう?」

「俺は、金では動かない」

今度ははっきり相手にも聞こえるようにため息をついて、俺は答えた。俺にとって、盗みは自分の美学に基づいた行為だ。人に頼まれてやる仕事に、満足のいく美学が見出せるとは思えなかった。「依頼」と言って大金をちらつかせ、自分勝手を押しつけてくる人間も美しくない。

「俺がやるのは盗みだけだ。それも、スマートで美しくなければ意味がない。破壊行為や殺人なら、そのへんのゴロツキにでも頼むんだな」

「まあ待て。まずは話を聞いてくれ」

さっさと立ち去ろうとした俺を、依頼人は落ち着いた口調で呼び止めた。

「私が依頼したい仕事は、きみの専門分野だと思うんだがね」

妙に自信に満ちた口調が気にかかる。マフラーにおおわれていても、その口元が笑みの形に吊り上がっていることが、ありありとわかる声だった。

「仕事の内容は、シンプルだ。とある美術館から、一枚の絵を盗みだしてほしい」

依頼人は、かけ慣れていないであろうサングラスを押さえながら、やや早口で語り始めた。


その絵は、もともと私の家族のものだった。応接室にある、暖炉の上に飾られていてね。とても暖かみのある菜の花畑の絵で、両親も私も、私の兄弟たちも、その絵が大好きだったよ。まさに、私たち一家の幸福を象徴する絵だったんだ。

だが、その幸福はある日、突然に失われた。父が、親友だと信じていた会社の共同経営者に裏切られたんだ。金をそっくり持ち逃げされ、残ったのは借金ばかり……。私たちの家は差し押さえられることになり、当然、その絵も一緒に持っていかれてしまった。幸福の象徴だった絵をなくした私たち一家は、一気に不幸のどん底さ。

借金を返せるアテもなく、親友に裏切られて絶望した父は、無理心中をはかった。

そして、幸か不幸か、私だけが生き残ってしまったんだ……。生き地獄とは、まさにあれを言うんだな。そのあと私は、遠い遠い親戚の家に預けられて育った。他人の家族のなかに暮らす孤独、疎外感。そして、その家族からのイジメは、今でも思い出すと吐き気がしてくる。

それが、つい最近、あの絵がとある美術館に収蔵されていることを知ったんだ。私はいてもたってもいられなくなり、噂の美術館を客として訪れた。すると、本当にあの絵が……私たちが幸福だった時を物語るあの絵が、飾られていたんだ。

「……なるほどな」

俺が思わずつぶやくと、依頼人は手袋におおわれた手で帽子を押さえた。隠された目元には何かにじむものがあるのかもしれなかった。

「あの絵は、私の家族の大切な思い出の品なんだ。今となっては会うことのできない家族を、唯一、身近に感じることのできるものなんだ。だから、どうしても取り戻したい。――引き受けてはくれないか」

俺はため息をついた。感傷的になった自分を笑ったつもりだった。

「どうやら、おまえにも美学があるらしい。いいだろう。手を貸してやる」

俺がそう言うと、依頼人は一瞬だけ頭を下げた。マフラーの隙間から、安堵が白い息となってもれた。それから気を取り直したようにアゴを上げる。

「私のほうでも、客を装っていろいろ調べてみたんだ。閉館後、展示室やバックヤードに入る権限は館長しかもっていない。閉館後に、館長に変装して侵入するのがいいだろう。変装は、きみの得意技だよな？」

試すような視線がサングラスの奥から注がれているような気がして、俺は、あえてそれを受けた。否定も肯定もしなかったが、依頼人は納得したらしく続ける。

「私が調べたところによると、どうやら館長は一週間後、出張で丸一日、美術館を離れるらしい。そのときに私が館長を拉致する。そこで、きみの出番だ。すかさず館長に変装し、『出張の予定がキャンセルになった』と美術館に戻って適当に時間をつぶし、タイミングを見計らって計画を実行してほしい」

悪くない、と俺は思った。「いいだろう」と答えると、依頼人は満足げにうなずき、足もとに置いてあったアタッシェケースを持ち上げ、俺に渡してきた。差し出されたそれを受け取り、中を確認する。ずっしりと重さを感じるのは、絵に対する依頼人の執念の重さなのだろう。

俺は、依頼人から渡された美術館内の見取り図を頭に叩き込み、写真に写る館長そっくりに変装して待った。事前に美術館にニセの電話をかけて、館長の声色も完全に把握した。

そこに、電話が鳴った。一コール目が終わる前に、電話に出る。待っていた連絡だった。

館長になりすました俺は、美術館に真正面から入り込んだ。おや、という顔をする警備員に「先方の都合で出張が急に延期になってね。参ったよ……」と眉尻を下げてみせると、同情的な微笑が向けられる。

まったく、赤子の手をひねるよりも簡単だ。

頭に入れた見取り図を頼りに、館内をさも慣れたふうを装って歩き、目当ての絵を探す。客や監視カメラには、出張が中止になった館長が、手持ち無沙汰に館内をうろついているように見えただろう。

やがて、目当ての絵が見つかった。依頼人が「菜の花畑」と言っていたその絵は、黄金色に輝く花の海原に白い家がぽかりと浮かぶ、ひだまりの香りが漂ってきそうな絵だった。

標的を確認したあとは、館内をぶらついて一日を過ごした。俺をニセモノだと疑う者は、ただの一人もいなかった。

閉館後、すべての職員が帰ったあと、俺は例の絵を壁からはずした。監視カメラは作動したままだが、録画される映像には俺の姿が映らないよう細工しておいた。館長権限である。

そして、夜中になって絵を届けると、依頼人は涙を流して菜の花畑の絵を抱きしめた。依頼人は、一週間前と同じサングラスをかけていたため、じつを言うと涙は見えなかったのだが、それでも、むせぶ様子は真実であるように思えた。

「ありがとう。感謝するよ」

湿った声でそう言って、依頼人は一週間前よりも大きなアタッシェケースを差し出した。残り二千万の報酬だ。

「本当に、助かった。きみのおかげだ。ありがとう」

面と向かって感謝されることなどないので、ふいに胸がそわそわした。らしくないな、と思いながら、俺は依頼人の前から永遠に姿を消す。

合わせて三千万の仕事にしては、少々簡単すぎた気がした。

翌日、俺は一般人に変装して美術館に向かった。奇妙な依頼人に拉致されていた本物の館長が戻ったはずで、そうなると、菜の花畑の絵が消えたことで館内は大騒ぎになっているはずだと思ったからである。

これまで、仕事をした現場の「その後」を気にしたことなどない。目的のものが手に入れば、興味は現場から失せてしまう。それが、今回は違った。単なる金のものとは違う重みが、まだ手に残っているせいかもしれなかった。

美術館に着いた俺は、即座に違和感を覚えた。美術館は何事もなかったかのように開館しており、チケット売り場の窓口には、近くの小学校から来たのだろう子どもたちが、先生に注意されながら列を作っている。

これはどういうことだろう。警察が入り口を封鎖している光景を思い浮かべていた俺は、腑《ふ》に落ちない思いを抱えながら、とりあえずチケットを購入して館内に足を踏み入れた。目的の場所は、あの絵が飾られていた展示室である。頭に叩き込んだ見取り図はまだ記憶に鮮明で、迷うこともなく俺は、昨夜と同じ展示室にたどり着いた。

そして——

「——は？」

各国の警察機関を翻弄し、マスコミに、「アルセーヌ・ルパンは実在した」とさえ言わしめたこの俺だったが、その瞬間、ひどく間の抜けた声をもらしていた。

昨夜、確かに盗み出したあの菜の花畑の絵が、そこには飾られていたのである。まるで、もう何年もずっと、ここにこうして静かな居場所を得ていることを主張するかのように。

「そんなはずは……」

手に残っていた三千万の重さが、ふいに増したような気がした。

額縁のなか、菜の花が織りなす金色の海に、白い小さな家が船のように浮かんでいる。その行き先は、俺には、想像することさえできなかった。

＊

その日、ある豪邸に警察が集まっていた。豪邸の主である富豪が、四日前、何者かによって殺害されたのだ。もうすぐ八十歳になろうとしていた富豪は未婚の一人暮らしで、遺体を発見したのは、三日前の朝に出勤してきた通いのお手伝いだった。

「死亡推定時刻は、四日前の夕方五時ごろ。凶器は現場に残されていましたが、犯人につながりそうな手がかりは見つかっていません」

「容疑者の絞り込みはできたのか？」

警部に尋ねられて、若い刑事は手帳をめくった。

「被害者は、強引なやり口でビジネスを拡大してきたことで有名で、恨んでいる人間はかなりいたかと……。ですが、そのなかでも、特別に被害者を恨んでいそうな人物が——」

ほう、とつぶやいた警部の目が鋭さを増す。部下の刑事は、さらに手帳のページをめくった。

「その容疑者は子どものころ、父親が起こした一家心中から生き残ったという過去があり、その心中の原因を作ったのが、どうやら今回の被害者らしいんです。なんでも、心中を企てた父親と今回の被害者は共同経営者だったらしく、被害者が裏切って金を持ち逃げしたとかで」

「そりゃまたひどい話だな」

警部が眉をひそめて、やや同情的な色を目に宿した。しかし、すぐに熟練の刑事の目に戻る。

「つまり、生き残ったその人物に、殺害の動機は十分あるってわけだな。家族の仇討《かたきう》ちってところか」

「ええ。ここにも何度か訪ねてきたことがあるようで、被害者に向かって、『いつかお前を地獄に送ってやる！』と叫ぶ姿が、たびたび目撃されています」

「なるほど。重要参考人として引っぱるか」

警部が早速、声高に指示を出そうとしたところで、「それが……」と、若い刑事は反対に声を落とした。

「じつは、その容疑者にはアリバイがありまして……」

「アリバイ？」

「彼は現在、小さな美術館の館長を務めています。犯行のあった日、彼は出張で出かける予定だったんですが、急なキャンセルがあったらしく取りやめになっています。そのあとは美術館に戻って、一日中、館内にいたようなんです。美術館に戻ってきてから閉館するまで、来館者や警備員など何人もの人間が館長を目撃していますし、監視カメラにも映っていました。犯行時刻とされている、夕方五時前後にも」

むう……と、アゴを押さえて警部はうなった。

「もっとも疑わしい人物には、鉄壁のアリバイが、か……。きな臭い話だな」

「ですが警部、どう考えても無理ですよ」

パタンと手帳を閉じて、若い刑事は苦笑を浮かべた。その表情は、すでに架空の話を物語る人間のものだった。

「その美術館から、この犯行現場までは、電車でも車でも五時間以上かかります。どう考えても、館長が犯行に及ぶのは不可能ですよ。そうですねぇ、たとえば……そうそう！　怪盗Zくらい、他人そっくりに変装できる人間が協力しないかぎり、あり得ないですね」

（作　桃戸ハル・橘つばさ）

密室ゲーム

目が覚めると、天井も床も壁もまっ白な正方形の部屋にいた。窓もなければ、扉もない。まるで、角砂糖の中に閉じ込められているようだ。

今度は、自分の体を見てみる。腕時計や携帯電話、サイフなどもなく、身につけているのは洋服だけである。

俺は、どうしてしまったんだろう。なぜ、ここにいるんだろう。

そう考えてから、ようやく、ここにやってきた記憶さえないことに気づく。不安が急速にふくらんだ。

「おい、誰か！　誰かいないのか!?」

窓も扉もない、ただ白いだけの壁を両手で力任せに叩く。しかし、隠し扉があるわけでもなく、冷たい壁はびくともしない。「密室に閉じ込められた」という事実が、じわりじわりと恐怖になって、俺の息づかいを荒らげてゆく。

壁を叩き続けたせいで赤くなった手の平を見つめ、俺は必死に記憶をたぐった。なんで、どうして、こんなことに……いったい、誰が……。

そのときだった。どこからか声が聞こえてきた。

「おはようございマス。ヨクお休みになられてまシタね」

明らかに変声器を使っていると思われる、ざらついた機械的な声。男か女かもわからない声のもとを探していると、壁と天井の交わる四隅のひとつに、角砂糖にたかったアリのように黒いスピーカーがついていた。声は、さらに続ける。

「お仕事、忙しいんですネ。死んだように眠っていまシタよ」

思いやりなのか、からかいなのか、機械越しの平坦な声では判断できず、ただ神経だけが逆なでされる。スピーカーを指さして、俺は怒鳴った。きっとカメラもついているだろうから、手加減なく、にらみもきかせる。表情を作るのは、職業柄、得意なのだ。

「おい！　俺をこんなところに閉じ込めて、何が目的だ！　金か？　いくら欲しいんだ！」

こう言ってはなんだが、金ならある。

俺は、テレビドラマにひっぱりだこの役者だ。若いときは二枚目俳優と呼ばれ、三十代では男の色気があるともてはやされ、五十を超えた今も、渋さと紳士的なイメージで人気を博している。

だから、金目当てで誘拐、監禁された可能性が、まっ先に思い浮かんだ。それなら、ここにやってきた記憶がないことにも説明がつく。何より、機械で声を変えるなど、後ろめたいことがあるからこそだ。

「ほら、言ってみろ。いくらでもいい、欲しいだけくれてやる。警察にも黙っててやる。そんなことよりも、今は何時だ？　ドラマの撮影があるんだ。金よりも大事な仕事なんだよ」

スピーカーに向かって訴えると、そのスピーカーから軽く笑う声がもれ聞こえた。

「相変わらず、仕事第一な人デスね。ワタシの目的ハ、お金じゃありまセン。ワタシはアナタと、ゲームがしたいだけデス」

「ゲーム？」

「ええ。アナタの人生を賭けたゲームをネ」

ゲームだと？　まったく、趣味の悪い冗談だ。

「ふざけるな！　おまえ、俺が誰だかわかって言ってるんだろうな!?　おまえは遊びのつもりかもしれんが、俺が巻き込まれた以上、大問題になるぞ！　犯罪だぞ、これは！」

「アナタだって犯罪者のようなモノではありませセンか」

冷静に返された一言に、水をかけられたような気がした。

俺が、犯罪者だと？

「貴様、何を言ってるんだ……」

「すべては、ゲームをすればわかりマス」

声に含まれる余裕が気に食わない。いったい犯人は何者なんだ。俺の知っている人間だろうか？　金が目的ではないと言っていたが、だとすると理由は……。

深く考えている暇もなく、頭上から淡々とした声が降ってきた。

「ルールは簡単。ワタシの質問に、アナタが答えるだけデス。ただし、ウソはダメですヨ。正直に答えないと——命に関わりマス」

最後の一言に、思わず思考が停止する。ふたたび頭が動き始めた直後に出たのは、乾いた笑い声だった。

「ははっ……命だなんて、バカなことを……。さっきからなんの冗談なんだ！」

端役のようなセリフに、言っていて口の中が苦くなる。俺が演じるのは、そんな安い役ではない。

「冗談じゃありまセン。やってみればわかりマスよ。では、最初の質問デス」

気持ちいいくらい、こっちを無視してくれる。ゲームだの、質問だの、こんなくだらないお遊びにつき合っている暇など、今の俺にはない。撮影があるのだ。

「アナタは、自分の成功のために、他人を陥れたことがありマスか？」

一瞬、頭の中が白くなったが、古い映画のワンシーンが再生されるように、古い記憶が浮かび上がってきた。

――よくも……よくも……！　覚えてろよ、てめェ！

俺をののしる声が、頭の中に響く。もうとっくに忘れていたはずの声に責められた俺は、あわてて首を横に振った。

「誰かを陥れたことなんて、あるはずがない。俺が今のポジションにいるのは、すべて俺自身の力だ！」

スピーカーに向かって怒鳴りつける。よみがえりそうになった記憶を塗りつぶすように。

「ウソ、ですネ」

返ってきたのは、表情を取りさった、ゾッとするほど冷たい声だった。

プシュウ、と奇妙な音がする。顔を上げると、まっ白な天井からまっ白な霧が降ってくるところだった。舞台なんかでよく使うスモークに近いものだろうか。そう思っていたら、霧が頬にかかった瞬間、ガクリと膝が折れた。声を出す暇もなく、俺はその場に倒れこんだ。手足が一気に冷たくなり、指が震えて止まらなくなる。同時に呼吸が早くなり、それがやがて肺を握られているかのように苦しくなった。

まさか、このまま死——

恐るべき可能性に思い至った直後、これもまた天井から、巨大な換気扇を回すような音が聞こえてきた。室内の空気が動き、白い霧が晴れてゆく。すると、酸素の濃度が急に増したかのように、呼吸が楽になった。

「言ったでショウ？　ウソの回答をすれば、アナタの命に関わるト……」

本気だ。こいつは本当に、俺を殺す術をもっているのだ。そして、その術を行使することにためらいはないらしい。

手足のシビレが薄れたところで身を起こした俺は、白い壁に背中をつけて座りこんだ。明らかにそれを待っていたタイミングで、機械的な声が言う。

「それでは、先ほどの質問に対する正直な答えヲ、聞かせていただきまショウか」

どうやら、ごまかすだけ無駄だ。観念して、俺は深いため息をついた。

「二十年ほど前、役者仲間のところに、俺がずっとやりたかった舞台の主役の話がきた……。本当は、俺が主役に選ばれていたはずだったのに、そいつが汚い手段で奪い取ったんだ。だから、稽古期間に入った直後――舞台装置に、ちょっとした細工をしておいたんだ。そうしたら、あいつがたまたま稽古中に事故にあって足を骨折して、役を降板することになって、俺に主役の座が回ってきた。それを陥れたと言うなら、陥れたんだろうよ」

できるだけ抑揚のない声で話すと、相手はもっと抑揚のない声で「正解デス」と返してきた。

このことは、誰にも話した覚えがない。まさか、あのとき足を骨折して役を降板し、その後、芸能界から静かに消えていったあいつが、俺への復讐に言いふらしているのだろうか。

しかし、たとえ復讐だとしても、俺にはまだまだやり残した仕事がたくさんある。今、この世界から消えるわけにはいかないし、当然ながら、死ぬわけにもいかない。

とはいえ、相手の出方がわからない以上、ウソはつけない。俺がウソをつけば、おそらく、またあの毒霧をまくつもりだろう。しかし、真実を語れば相手にゴシップのネタを提供することになりかねない。どちらにせよ、俺にとっては不利でしかなく、慎重に答えざるを得ない状況だ。

そんな俺の思考をもてあそぶかのように、またしてもスピーカーから声が聞こえてきた。

「それでは、次の質問デス。十二年前、あなたのマネージャーだった木津《きづ》という若者が命を落とした事故の真相を答えてくだサイ」

目の奥が、ずしりと重くなる。こいつは、どこまで知っているんだ？

とっさに聞き返しそうになったが、無駄だと悟ってやめた。その口ぶりから、事実を知っていることは明らかだ。そして、ここで俺が答えを偽れば、先ほどと同じ死の霧が頭上から降ってくるのだろう。

ヘタに逆らうのは、賢明ではない。そう判断して、俺は白状した。

「木津は、高速道路で運転を誤って、側壁に衝突した。即死だったそうだ。だが、おまえが俺に言わせたいことは、それじゃないんだろうな。たしかに、木津はストレスをため込んで、精神安定剤を服用していた。理由は俺だと言われたよ。俺が度を超えた要求をしたり、理不尽に怒鳴りつけたり殴ったりするんだと、マネージャー仲間にこぼしていたと聞かされた。

だが、芸能界なんてそんなもんだ。俺よりワガママなやつなんて、いくらでもいる。それに、木津なんかよりも、俺のほうがよっぽどストレスにさらされてるんだ。油断すれば、すぐ別の俳優に取って代わられる！　実力がすべてのこの業界で、俺は人気俳優でい続けなければならないんだ。それを支えるのが、マネージャーの仕事だろう！

……だが、木津は心を病んで、精神安定剤を手放せなくなっていた。ほとんど依存状態で、運転前にも大量に服用していたらしい。それが直接の原因かはわからないし、もしかすると発作的な自殺かもしれないが、とにかく木津は死んだ。俺は、木津の母親から『息子を返せ』と責められたよ。だが、『事件』であると立証することはできなかった。もちろん俺だって、木津を死なせたかったわけじゃない。事件性がないうえに、マネージャーという仕事の性質上、事故のことは表沙汰になることもなく忘れられた。これくらい話せば満足か？」

「……イイでしょう」

微妙な間があって、温度のない声が事務的に答える。こんなことを聞いて……俺の過去を暴いて、やはりこいつは品のない週刊誌の記者なのだろうか。

「では、次。アナタは七年前、とある女優を脅して、不正なお金を受け取ったコトがありますネ？」

それはもはや「質問」ではなく、ただの「確認」だった。

「……ああ」

「どういう事情デ？」

「別に、よくある話さ。清純キャラで売っていたある女優が、昔は手がつけられないくらい素行が悪くて、よくない噂もたんまり持ってるってことを知ったから、そのことを言ってみただけさ。そうしたら彼女、まっ青になって、俺が要求してもいない金を押しつけてきたんだ。金を出せば、俺が黙っていると思い込んだんだろうな。せっかくだから、もらっておいただけだ」

「彼女との関係は、それだけデスか？」

質問の意図がつかめず、眉間に力が入る。そんな俺に向かって、意味不明な質問は続いた。

「その女優を、好きになったのではないデスか？」

俺は思わず、「は？」と間の抜けた声をもらしていた。

「あんな女、好きになるはずないだろう」

「ソレでは、アナタは、奥サンと娘サンを愛してイルと？」

質問の質が、これまでと違う。まったく、妙なことを聞くものだ。

「もちろんだ。そりゃあ結婚生活ではいろいろ起こるが、俺が本当に愛しているのは、妻と娘だけだ」

そんなことを聞いて、何になるというのか。これまでの質問は、俺が世間に隠してきた出来事を告白させるものだった。だから、俺の過去を金に換えようと目論む記者か、あるいは、俺に恨みをもつ人間が犯人だろうと考えた。俺に主役の座を奪われたあの役者か、薬を飲みすぎて事故を起こした元マネージャーの母親か、自分の後ろ暗い過去を金で買った元不良の女優か……それ以外にも俺を恨んでいる人間はいるだろう。

「では、これが最後の質問デス。この質問に正解できたら、アナタを解放しましョウ」

スピーカーから聞こえてきた「最後」という言葉に、俺は顔を上げた。

「アナタには、子どもが何人いマスか？」

スッと、頭の芯が冷えた。

その質問が、ジグソーパズルのピースのように、カチリと音を立てて俺の頭の中にはまる。これまで頭の片隅に立ちこめていたモヤのようなものが、その音とともにスッと晴れた。そして、完成したジグソーパズルの絵が、ひとつの真実を浮かび上がらせた。

そうか――犯人は、あいつだったのか。

俺には、妻との間に娘が一人いる。妻に似て器量のいい自慢の娘で、この春、大学を卒業して、今はモデル業に専念している。しかし、じつは世間に公表していない子どもが、俺にはもう一人いるのだ。

妻と結婚して数年後、まだ娘が生まれる前に、俺は一度だけ、妻以外の女性に想いを寄せてしまった。二枚目俳優として売れていたこともあって、有頂天になっていたことは否めない。

その女性とは、結局しばらくして別れた。しかし、彼女はそのとき、子どもを身ごもっていたのだ。俺は出産に反対したが、彼女は俺の意見を受け入れず、男の子を産んだ。

その後、「洋介《ようすけ》」と名づけられた男児の写真が送られてきたが、俺はよく見もせずに破り捨てた。隠し子なんかが発覚すれば、俺の俳優生命は終わってしまう。真実を黙っていてもらうかわりに、俺は彼女の口座に大金を振り込んだ。以来、一切の連絡がなくなり、女性にも洋介にも一度も会っていない。

つまり、俺には血を分けた子どもが二人いる、というのが「正解」だ。しかし、この事実を知る人間は、俺と相手の女性くらいである。

しかし——彼女が自分の息子に、「本当の父親がいる」と言って俺のことを話していたとすれば、話は変わってくる。母親から事実を詳細に聞いたのなら、俺に恨みを抱いてもおかしくはない。

さっきの、「妻と娘を愛しているか?」という質問、そして今回の「子どもは何人いるのか」という質問。

最後にそんなことを聞いてきたことを考えると、俺を拉致したのは洋介で間違いないように思えた。成長して事実を知った洋介が、自分と母を捨てた俺への復讐として、こんなバカげた行動に出たと考えるのが自然だろう。

俺は、スピーカーに向かって言った。

「洋介。おまえが俺を殺したいくらい憎む気持ちはわかる。俺を殺して気がすむなら、そうすればいい。だが、ひとつだけ、わかってほしい。俺はおまえと、おまえの母親を捨てたわけではない。おまえの母親を愛していたことも、ウソじゃない!!」

短い沈黙が、スピーカーから返ってくる。そのあと、これまでとは違い、余裕をなくした声が言った。

「そんなコトは、どうでもいい。質問の答えを、早く言いなサイ!」

俺は、子どもにさとすように、ゆっくりとした口調で答えた。

「俺には、子どもが――二人いる」

「……ソレが、アナタの答えデスか？」

声が少し喜びをふくんだ明るいものに聞こえたのは、気のせいではないだろう。

「そうだ」とたしかに答えてやると、それに対する返事はなかった。これで、わかってもらえただろうか。俺は父親として、おまえも自分の「子ども」だと認めるということを。

だからもうバカな真似はやめるんだ、と続けようとしたとき、黒いスピーカーが重そうに震えた。

「不正解デス」

思わぬ返答に、俺は弾かれたように立ち上がっていた。

「なぜだ！　俺には、妻との間に娘が一人と、ほかに洋介、おまえがいる。それ以外に子どもはいない。もうウソはついてない。これが本当のことだ！」

スピーカーのむこうで、笑う気配がした。正確には、笑いをこらえようとして失敗したような息づかいが聞こえたのだった。

哀れむように、さげすむように、硬質な声が密室の空気を震わせる。

「いいえ。アナタに、子どもは、一人もイナイ。それが、正しい答えデス」

一瞬、思考が完全にストップする。俺に、子どもが、いない？　一人も？　バカな……いったい、何を言っているんだ？

「ワタシのことを、洋介だと思ったんデスね。残念ながら、違いマス。そもそもアナタに息子はイマセン」

「そんなはずはない！　俺には、妻以外の女性との間に──」

「ソレは、その女性が、アナタからお金をだまし取るタメに作った話デス。気づかなかったんですカ？　本当に、おめでたい人ですネ」

あざ笑うような最後の一言に、がつんと頭を殴られたような気がした。足もとの床が不意に沼地になったように、体が揺らぐ。

そこで、はっとする。そうだ、娘は──俺と妻との間に生まれた娘は、どうなる？

「娘は、俺の子どもだろう！」

天井付近のスピーカーに向かって、気づけば俺は、すがるような声を上げていた。

情けないと思ったが、演技でもカバーしきれないくらいに、俺は混乱していた。

そんな俺を、姿なき犯人がまたあざ笑う。このときを──俺に真実を突きつける瞬間を、待ちわびていたかのように。俺を現実から地獄へ叩き落とす準備はできていたのだと、優越感を隠そうともせずに。

「アナタの娘は、アナタの子どもじゃナイのよ。理解できるでショウ？　妻ではない女性に想いを寄せたコトがある、アナタなら」

「まさか――」

とっさにつぶやいてから、愕然《がくぜん》とする。

「アナタの娘は、アナタの子どもじゃナイのよ」と、そう言った声の既視感。思えば「アナタ」と俺を呼ぶ声も、機械的なフィルターをはずせば、行き着くところはひとつではないか。

「どうして……」

不毛なことを聞いた、と思った。案の定、声が勝ち誇ったものに変わる。もう、変声器を使うことも、やめてしまっている。

「妻がありながら、妻ではない女性を愛したアナタと同じに決まってるじゃない。わたしも、夫ではない男性を愛していたのよ。理解できるでしょ？　ねぇ、あなた？」

ズブズブと、体が足もとから、見えない沼に沈んでゆく気がした。ガクリと膝をついた俺は、さぞや情けない男に見えたことだろう。

「あなたが『洋介』なんていう、存在してもいない人間を犯人だと思って話しかけている声も録音できたし、あなたは、もう必要ないわ。だから、ここで、サヨウナラ」

プシュウと、天井から奇妙な音が聞こえてきた。職業柄、一度聞いたセリフや音は忘れない。

悲しいほどに予想どおり、顔を上げた俺の頬を、死を告げる白い霧がなでた。


（作　桃戸ハル・橘つばさ）

有能なアルバイト

地方都市の片隅に、一軒のコンビニがあった。コンビニといっても、都会にあるものとは違って、朝に開店して夜には閉まってしまう営業形態のものである。

ここ数年、そのコンビニのオーナーは悩んでいた。仕入れ原価は上がっているのに、思うように売り上げが伸びず、年々経営が厳しくなっていたからだ。そこでオーナーは、起死回生の策に打って出ることにした。二十四時間営業に切り替えることにしたのだ。

「遅い時間もやってくれていると助かるんだけど」というお客の声は、以前から聞こえていたが、本当に深夜や早朝に店を利用する人がいるのかわからず、ためらいがあった。しかし、もうそれしか道はない。

とはいえ、現実問題として、今の人員での二十四時間営業は不可能だ。そこでオーナーは、アルバイトを募集することにした。人を雇うことができれば、今いる店員と合わせてシフトを組んで、二十四時間営業にすることは可能だ。

——そんなオーナーの計画は、初手からつまずいた。アルバイトの応募が、たった一人からしかこなかったのである。

応募してきたのは、この町にある大学に通う男子学生だった。オーナーの認識では、なんの特徴もない凡庸な大学で、そこに通う学生も「平凡」以外に形容のしようがない者ばかり。そして、面接にやってきた大学生は、その「平凡」にすら遠く届かないような印象だった。

「えー、バイト経験ですか？　豊富ですよ。今までに二十回くらい、バイト変えてますから。あ、でも安心してください。自分から辞めたことはありませんから」

面接している間、オーナーはずっと頭痛を我慢していた。声は小さいし、しゃべりも動きものろのろ。「平凡」ですらない——一言で言えば「愚鈍」である。

「アルバイトを自分から辞めたことはない」？　それはつまり、すべてクビになったということだ。そんなことを、どこか自慢げに話す神経も理解できない。

本当なら、こんな若者を雇いたくはない。しかし、なにせ応募してきたのは彼一人だったのだ。彼を雇わないという判断をするなら、二十四時間営業化も延期にせざるを得ない。それでは、経営不振は何も解決しない。

ひとまず、オーナーは彼を雇うことにした。雇ってみて、あまりにも使えないようならクビにしよう。それが、オーナーの考えた苦肉の策だった。そして、面接をした翌日からシフトに入ってもらったのだが——三日もしないうちに、ボロが出た。

とにかく、何をやらせても、どんくさいのである。

商品を棚に並べる作業では、よく手をすべらせて床に落とす。客に頼まれて弁当を温めれば、なぜかレンジの中で爆発させる。休憩時間でもないのにスマホをいじっている姿も、ほかの店員に頻繁に目撃されていた。

まさか、ここまで使えないとは。これは、思っていたよりも早い段階でクビを切らなければならなくなるかもしれない。彼に代わるアルバイト店員を、早く探すべきか……。オーナーがレストランで食事をしながら、そんなことを考えていたとき、不穏な会話が聞こえてきた。

「そういえば、聞いた？　先月、あのコンビニ、二十四時間営業になっただろ？　あそこの新しい店員がバカで、しょっちゅう釣り銭を間違えるんだって。しかも、客に多めに返しちまうらしい。割合は十人に一人とか、五人に一人とか言われてるけど、運がよければ、お得に買い物できるかもしれないぜ」

そんな話を小耳にはさんだオーナーは驚いた。十人に一人だろうが、五人に一人だろうが、そんな確率で釣り銭を間違えられたのでは、相当な損害だ。経営不振を打破するために二十四時間営業にしたのに、そのせいで損害をこうむっては意味がない。

　これが事実なら、クビどころか、バイト代からさっぴきたいくらいだ。

　そう判断したオーナーは、その日の夜、アルバイトの働きぶりを店の外からチェックすることにした。オーナーである自分が姿を現すと、きちんと働いているふうを装うかもしれない。ありのままの彼を観察するには、外から監視するのが一番いい。

　夜中、オーナーがコンビニに行くと、店の中にたくさんの人影が見えた。オーナーは我が目を疑った。レジに向かって、二十人以上の客が列を作っていたのだ。

　もっとも客が入る時間帯でも、これだけの人数がレジに並んだことはない。それが、こんな深夜ににぎわいを見せている理由に、オーナーは思いあたる節があった。

　アルバイト店員が釣り銭をしょっちゅう間違えるという話を聞いたあと、にわかには信じられず、オーナーは独自に調査をした。自分があの店のオーナーであることを知らない人たちにそれとなく聞いてみたり、ネットで調べてみたり。すると、出てくるウワサはどれも自分がレストランで耳にしたのと同じ、レジに慣れないアルバイト店員の不手際を笑う言葉だった。

　――あの天然パーマの店員だよね？　俺、お釣り間違えられたことあるよ！　缶ビールの本数を少なく間違えてレジ打っちゃったんじゃないかな。

——あたしも、お釣りが五百円くらい多かった！　超ラッキー！

——僕は、ほぼ毎回二百円くらい間違って返されるから、買い物すればするほどお得になる店かもしれません。「天パ割引」だね。

——とくに、行列ができたときは焦っちゃうのか、よく間違えるよ。あのままじゃ、クビになるのも時間の問題かも。

つまり、今レジに並んでいる客たちは、マヌケなアルバイト店員が釣り銭を間違えることに期待して、列をなしているのだ。

仮に、釣り銭を少なく返されそうになったとしても、「お釣りが間違ってますよ」と申告すれば、きちんと正しい額を返してもらうことはできる。多めに返ってきたときは、それを指摘せずに受け取ってしまえばわかりっこないのだから、客のほうにリスクはない。

大人数の客に並ばれて、グズなアルバイトは、おたおたとレジを打っていた。あんなに焦っていては、ミスが増えてもおかしくない。このままではまずい。ただでさえ、経営は綱渡り状態なのだ。ここで観察している場合ではない。

オーナーは店のドアを開け、そのままレジに駆けこんだ。突然のオーナーの出現ふたたびレジに向き直る。列に並ぶ客に、グズなアルバイトが黒縁メガネの奥で目を丸くする。

「いいから、とにかく今は、お客さま対応をするぞ！」

「は、はい……と、しどろもどろに答えたアルバイトが、「いらっしゃいませ！」と客を迎えた。列に並ぶ客
オーナーは、ひときわ大きな声で「いらっしゃいませ！」と客を迎えた。列に並ぶ客の誰かが、チッと舌打ちするのが聞こえた。

長く続いていた列がようやくなくなり、オーナーはため息をついた。客をさばいたというより、アルバイト店員が出現したことで、何人かの客が列から離脱したのかもしれない。アルバイト店員が肩の力を抜く。油断をすると、そのまま休憩に入ってしまいそうな青年の肩を、オーナーはつかんだ。

「少し話がある」

「え、なんですか？」

相変わらずのろのろとした話し方に、どっと疲れが押し寄せてくる。それを頭の外に追い出して、オーナーは単刀直入に尋ねた。

「おまえ、ちゃんと釣り銭を確認してるか？　お客に、多く返してしまってるんじゃないだろうな!?　しかも、一度や二度のことじゃないぞ。そういうウワサが立ってるんだ。ＳＮＳでも拡散されてる！」

その言葉を受けたアルバイト店員は、「そんなこと、ないと思いますけど……」と曖昧《あいまい》に否定した。

「レジくらい、ちゃんと使えますから。それに僕、こう見えて有能なんです」

うそぶく若者の笑顔を見て、オーナーはふたたび疲労感に襲われた。時刻は深夜だ。今すぐ、酒を飲んで寝てしまいたい。そんな衝動に駆られたが、そういうわけにはいかない。自分は、この店のオーナーなのだ。

「じゃあ、今すぐ売り上げを確認しよう。それで、すべてがはっきりする」

そう言うと、オーナーはレジを開けた。

このグズな若者が釣り銭を間違って渡していたなら、勘定が合わないはず。場合によっては、この場でクビだ。そうまで思っていたのに、いざ計算してみると、売り上げとレジ内の金額には一円の違いもなかった。

「どういうことだ？」

つまり、釣り銭にミスはなかったということになる。それ自体は安堵《あんど》すべきことだが、そうなると、自分が聞いたウワサはなんだったんだ？

オーナーが首をかしげたとき、隣でクスクスと笑う声がした。

「オーナーも、情報に踊らされた一人なんですね」

愚鈍なやつだと思っていた分、バカにされてカチンときた。なんだと⁉　と怒鳴りそうになったとき、目と鼻の先に、スマホの画面を突きつけられた。

突然のことに目を丸くするオーナーに、スマホをかざした張本人が、ニヤリと笑う。

「オーナーの見たSNSって、これですか？」

オーナーは、若者がこれ見よがしにつきつけてくるのが、例のウワサが書きこまれていたSNSの掲示板であることに気づいた。

「あ、あぁ、そうだが……」

うなずいたオーナーを見て、今度は若者が大声で笑い始めた。その笑い声の間に差しはさむように、アルバイトは言う。

「これ書きこんでるの、全部、僕なんですよ。アカウントは、投稿ごとに変えてますけど」

「……は？」

「あ、『全部』は言いすぎか。なかには、本当に僕が釣り銭を間違えて渡しておいた人の書きこみもありますから。こういう場合、第三者の発言もまざったほうが文章にバリエーションが出て信憑性が生まれるし、情報も拡散されやすいですからね。あ、大丈夫ですよ。釣り銭をワザと間違えるときは十円程度ですし、客に渡した分は、僕がきちんと補塡《ほてん》しておきましたから。店には実損、出てないはずです」

ふだん使わないような単語を並べて饒舌《じょうぜつ》になる若者を、オーナーはぽかんと見つめた。今や、眠気も疲労もどこかへ消え去ってしまっている。

「きみは、いったい……」

「お釣りが余分にもらえるかもしれない店があったら、ラッキー狙いか、SNSに投稿するネタ探しで、行ってみようと考える人間は必ずいます。だから、情報を流したんですよ。『この店の天パのバイトが——あ、それ僕のことなんですけど——しょっちゅう釣り銭を間違える』っていう、フェイクの情報をね。結果は、オーナーもさっき見たとおり。この時間でも行列ができるほどの大盛況です。経営不振を手っとり早く抜け出すには、売り上げを伸ばすのが一番でしょ？」

「それじゃあ、きみは……全部わかったうえで、ワザと？」

呆然とつぶやいたオーナーの鼻先から、若者が、ようやくスマホを離す。そのスマホで、自分のあごをとんっと叩《たた》いて、若者は楽しそうに唇をつり上げた。

「僕、こう見えて有能なんですよ」


（作 桃戸ハル・橘つばさ）

毎日が記念日

「えっ、もう別れたの？」

目をまん丸にした桜木詩都花《さくらぎしづか》に対して、堺深冬《さかいみふゆ》は軽く「うん」と返しただけだった。

深冬は、詩都花の家の近所にあるコーヒーショップの店員だ。店員といってもアルバイトの大学生で、年齢は高校生である詩都花の三つ上だ。茶髪でショートカットの深冬は、性格がサバサバしていて、初めて会ったときから気さくに話しかけてくれた。それ以来、母親に頼まれてコーヒー豆を買いにくるたびに深冬と雑談することは、詩都花の日常になっている。

店内のカフェスペースでは、大学生くらいの男性が本を読みながら、静かにコーヒーを飲んでいた。ほかにお客はいない。詩都花は声をひそめて、深冬に尋ねた。

「どうして？　告白されたとき、『二人の時間を大切にしたい』って言われたって、嬉しそうだったのに……」

深冬がそう話してくれたのは、ほんの一ヵ月くらい前のことだ。つまり、付き合い始めて一ヵ月しか経っていないことになる。彼が深冬に言ったという、「これからの時間」なんて、作ることもできなかったはずだ。

何があったのかと目で問う詩都花に、深冬は、コーヒー豆を量りながら答えた。

「今考えてみると、あの告白が『伏線』だったのね」

＊

深冬に告白したのは、同じ大学に通う榎木《えのき》遼太朗《りょうたろう》だった。もとから仲のよい友人だったし、趣味が合うこともわかっていたので、深冬は告白を受け入れた。深冬にとって遼太朗は、男子のなかでもっとも気心が知れた間柄だったから、恋人という関係には、「そうなるべくしてなった」と言ってもいい。

「深冬と遊んだり話したりするの、本当に楽しいんだ。だから、もっと深冬のことを知りたいし、もっと俺のことを知ってほしい。俺と付き合ってくれないか」

奇をてらわない、ストレートな告白に、深冬は好感をもった。深冬が、「うん、こくれているんだ、と思うと、深冬も悪い気はしなかった。

「今までは友だちだったけどさ、これからは、その……恋人どうしってことで、二人の時間を大切にしたいなって思ってる。来年の今日、『付き合って一年記念日』を仲よく一緒に祝えるように、がんばるよ」

がんばる、というのが遼太朗っぽいなと思って、深冬は笑った。そういう少し不器用で生真面目なところには、ずいぶん前から好感をもっていたような気がする。

遼太朗とだったら、これからも楽しくやっていけそう。

――あのときは、本当に、そう思った。

最初に違和感を覚えたのは、三回目のデートで映画館に行ったときだった。映画の趣味も合っていたため、満場一致で――といっても二人しかいないのだが――話題になっている海外のSF作品を観た。終わったあとに食事をしながら感想を語り合うのも楽しく、やっぱり遼太朗と付き合って正解だったな、と深冬が思ったときだ。

「今日は、『二人で初めて映画を観た記念日』だね」

その言葉に、深冬は、パスタを巻いていたフォークを止めた。ふと、これまでにあったことを思い出したのだ。

遼太朗の告白にＯＫの返事をしたとき。

「じゃあ、今日は『付き合い始めた記念日』だね。これからよろしく！」

そのときは、遼太朗との交際が始まることを実感させられて、くすぐったい思いがした。その響きに、わくわくする自分もいた。

付き合ってから初めて二人きりで、大学帰りに食事をしたとき。

「実質、これが俺たちの最初のデートだよね。『初デート記念日』かな」

二回目のデートで、遼太朗のほうから手をつないできたとき。

「『初めて手をつないだ記念日』だ。なんか、ちょっと照れるけど……」

そういうことを言われた深冬は、自分との時間を本当に大事に考えてくれてるんだな、と思っていた。しかし、一緒に映画を観ただけで「記念日」になるなんて、と、少し違和感を覚えたのだ。

複雑な表情をしている深冬に、遼太朗が、笑顔でこんなことを言った。

「これからどんどん、俺たちの『記念日』を増やしていこう」

深冬は、素直に「うん」と答えることができなかった。「記念日」に喜びを感じなくなった瞬間だった。

趣味は合うかもしれないが、価値観は合わないかもしれない。うきうきしている遼太朗を前に、深冬は、そんなことを考えていた。

それから遼太朗は、ことあるごとに「記念日」を作っていった。

二人で初めて遊園地へ行った記念日。

あいあい傘記念日。

深冬がお見舞いに来てくれた記念日。

ボウリングでターキーを出した記念日。

ファーストキス記念日。

あまりに「記念日」という言葉を聞きすぎたせいで、深冬のなかでは、そこから特別な感じが失われてしまった。特別感が失われるどころか、それが、はっきりと負担なものに感じたのは、遼太朗がすべての「記念日」をスマホのスケジュール管理アプリに登録しているのを知った瞬間だった。

深冬が遼太朗のスマホをのぞき見したわけではない。

「今日は『初めてのパフェ記念日』だな」と、遼太朗がカフェでスマホを取り出して操作し始めたので、「何してるの?」と深冬は尋ねた。すると遼太朗は得意げに胸を反らしながら、深冬にスマホの画面を見せたのだ。

「深冬との大事な記念日をメモってあるんだ。これで、ずっと忘れずにいられるだろ？」

スケジュールに空白の欄がないほどメモられた「記念日」に、深冬は愕然とした。

「毎日が記念日」なんて、幸せを体現したキャッチフレーズのようだが、実際に自分がその立場になった今、深冬には、笑っている自分を想像することができなかった。

――そして、あれを見てしまったのだ。

それは、遼太朗が深冬に告白してから、もう少しで一ヵ月になろうというある日のことだった。

いつものように記念日を制定した遼太朗が――ちなみに、そのときは、「二人で将来の仕事のことを話す記念日」だった――例によって、スマホのスケジュール管理アプリの画面を得意気に見せてくれた。

そのとき、見るとはなしに、明日以降、つまり未来の予定が見えてしまったのだ。

三日後には、「付き合い始めて一ヵ月記念日」がひかえている。それは、もちろん問題ない。問題は、その翌日だ。そこには、「付き合い始めて、初めてのケンカ記念日」が、そして、さらにその三日後には、「初めての仲直り記念日」という文字が書かれていた。

えっ、なんで未来のことが？　もしかして、遼太朗は、制定した記念日をメモするだけではなく、先に記念日を決めて、それに合わせて行動しているの？　そんなバカな！

でも、そう考えると、今までのデートのなかで、ちょっとだけ気になっていた疑問が氷解する。

基本、遼太朗は深冬に対して、とても優しい。たいていのことは、深冬の言うことを尊重してくれる。

「俺も、ちょうどそれを頼みたいと思ってたんだ。やっぱり趣味が合うね」

しかし、たまに、どうでもいいような小さなことで、絶対に自分の考えを曲げないことがあった。

「今日は、パスタは食べたくないんだ。絶対に深冬とラーメンを食べたい」

おそらくあの日は、あらかじめ、「二人で初めてラーメンを食べた記念日」と制定されてしまっていたのだろう。いや、たしか、ラーメンの種類を選ぶときに、しつこく、「この店に来たら、絶対に塩ラーメンを食べなきゃ」と言ってきたから、「二人で初めて塩ラーメンを食べた記念日」かもしれない。それとも、「俺のオススメのラーメンを、深冬が食べた記念日」？

そんなことは、どうでもいい。深冬は、どんよりとした気持ちになった。遼太朗は、私という人間と付き合っているのだろうか、それとも、記念日を作るために、私と付き合っているのだろうか？

そういえば、遼太朗が告白してくれたとき、「がんばるよ」と言っていた。「がんばるよ」には、「大変だけど」というニュアンスが隠されている。あのときは、それが、ちょっとだけ不器用な遼太朗なりの愛情表現だと思っていた。でも、あれは、文字どおり、率直な表現だったのかもしれない。私と付き合うのは、大変なことなのだろうか？

――遼太朗にとって、私と付き合うのは、ラジオ体操に行くのと同じようなものでそして「記念日」を制定するのは、カードにスタンプを押してもらう感覚に近いのかもしれない。

「深冬？　どうしたの？」

ぼんやり考えこんでしまった深冬の顔をのぞきこんで、遼太朗が尋ねる。遼太朗は、深冬にスマホの中の「未来記念日」を見られたことに気づいていないのか、とても幸せそうな表情をしている。そのことがまた、深冬をげんなりさせた。

彼のしていることの真意は、深冬にはわからない。でも――彼を疑ってしまっている時点で、もうこの関係を続けるのは難しい。深冬は、自分の気持ちを正直に伝えることにした。

「ごめん、遼太朗……私たち、いったん、もとの友だちどうしに戻れないかな」

「えっ、急になんで？　冗談だよね？」

「ごめん、冗談で言ってるんじゃない。今はまだ、うまく説明できないの」

深冬がふざけているのではないことがわかり、遼太朗は真剣な表情になった。

「そんなので納得できるわけないじゃん。俺が何か悪いことした？　浮気をしたわけでも、深冬にヒドイことをしたわけでもないだろ」

たしかに、遼太朗の言うとおりだ。ほんの少し、罪悪感のようなものが深冬の胸に浮かんだ。

「それに、今日は絶対にダメだ。三日後は、『付き合い始めて一ヵ月記念日』だろ!?　だけど、『一ヵ月記念日』の翌日になら、そういうワガママを言ってもいいよ。ケンカになるかもしれないけどね」

深冬の中で、何かがブチッと大きな音を立てて切れた。

「ごめん！　今日が『最後のデート記念日』って書いておいて。予定していたことと違っちゃうだろうけど、あなたとは別れます！」

えっ、と裏返った声を上げる遼太朗に、深冬は頭を下げた。

そのあと深冬は、自分の気持ちを正直に話した。最初は、「計画を立てることの何が悪い」といった様子の遼太朗だったが、最終的には深冬の考えをわかってくれた。しばらく恋愛はいいや、と深冬は思った。遼太朗は人間としては悪い奴なわけではないから、新しい彼女もすぐに見つかるだろう。そうしたら、「新しい彼女ができた記念日」を、制定することができるはずだ。

＊

なるほど、と詩都花は心の中で大きくうなずいた。高校生の自分にはよくわからないが、いろいろな「別れ」があるものだ。

「でも、最終的には、深冬ちゃんの考えをわかってくれたんでしょ？『別れる』のをやめる、という選択肢もあったんじゃない？」

詩都花は、ストレートに聞いてみた。

「それはないよ。一度冷めてしまったら、もう二度と熱を上げることなんて、できない。仮に、一度冷めてしまったものをもう一度温められても、以前みたいにおいしくはないんだなぁ」

自分も、深冬の年齢になるころには、そんなセリフをさらりと言えるようになるのだろうか。

「それは、コーヒーも同じだよ。冷めないうちに味わってね。はい、オリジナルブレンドの深煎り、二百グラムお待たせ。毎度ありがとうございます」

そう言って、からりと笑う深冬からは、香ばしく煎られたコーヒー豆の香りがただよってくるのだった。

（作　桃戸ハル・橘つばさ）

侵入者たち

ある冬の寒い晩、森の中で、一人の男が銃を片手に耳をすましていた。その様子は、鳥か獣が現れるのを待っているようにも見える。しかし、その男――ウルリッヒ・フォン・グラドウィッツが現れるのを待っていたのは、人間であった。

彼が所有するこの山林は、彼の祖父が、小地主から裁判沙汰で無理矢理に奪いとったものであった。

土地を奪われた小地主は、その裁判に不満をもっていた。それ以来、長い間、両家の争いは続いていて、グラドウィッツが家長になるころには、個人的憎悪にまで発展していた。

グラドウィッツが世界中で最も嫌っているのは、小地主の家を継いでいるズネームという男だった。

グラドウィッツとズネームは、子どものときから、お互いに相手の血に飢えていた。

両者が相手の不幸を心から願っていた。ズネームは、頻繁にグラドウィッツの山に侵入し、狩りをしている。だから、この風の寒い冬の晩、グラドウィッツは数名の部下と森に赴き、侵入者を捕らえるよう部下に命令したのである。

いつもは茂みに隠れてめったに姿をみせぬ牡鹿が、その晩に限って森のあちこちを走っている。ほかの森の動物も、いつもとは違って騒々しい。そのわけはよく分かっている。ズネームが侵入しているからだ。

グラドウィッツは山の高いところに部下を配置し、自分一人は急な斜面をおりて、麓の深い森へ入り、森の音に耳をかたむけた。

侵入者が入りこんでいないか。ズネームが潜んでいないか。もし誰もいない、この森の中で、仇敵《きゅうてき》ズネームとめぐりあうことができたら、その時こそ——それが彼のなによりの願望だった。

当の仇敵とばったり顔を合わせたのは、そんなことを考えながら、巨木の幹をまわったときだった。

二人は、長い間にらみあった。どちらも恨みに燃え、手には猟銃をもっていた。一生に一度の情熱を爆発させる時がきた。けれど、彼らはどちらも文明の世に生まれた人間なので、ためらいなく人を殺すことはできなかった。どうしても、何かのきっかけが必要だった。

しばらくの間、二人ともがきっかけを見つけられないでいると、先に大自然がしびれを切らした。先刻から吹きあれていた強風が、猛烈に木々をゆるがし、大木の幹を倒したのだ。

倒れた大木は、逃げ出すすきを与えず、二人を地面におさえつけた。グラドウィッツの片手は麻痺《まひ》し、片手は二股になった枝におさえつけられ、両足も同時に太い枝におさえつけられていた。足がつぶれなかったことだけが幸いだが、起き上がることはできなかった。

おそらく、誰かがきて、大木の枝をノコギリで切ってくれるまでは、どうすることもできないだろう。顔にあたった小枝で、目に血が流れこんだ。まばたきで、その血を払い見てみると、すぐそばでズネームも彼同様におさえつけられていて、しきりにもがいている。もがいても起き上がることはできないらしい。

グラドウィッツは、動けなくなったのを口惜《くちお》しがっていいのか、生命《いのち》が助かったのを感謝していいのか、複雑な気持ちだった。

顔から血を少しばかりだしたズネームが、もがくのをやめて、大声で笑いながら言った。

「お前も助かったのか。死んでしまえばよかったのに。しかし、滑稽だな！　グラドウィッツが、おれたち一族から盗んだ山の中で動けなくなるとは。天罰だ！」

　グラドウィッツも言い返す。

「盗んだ山だと？　ここはおれの土地だ。すぐにおれの部下が助けにきてくれる。お前は、密猟に入ったところをおれの部下に発見される、いい恥さらしだ。気の毒なやつだ」

　ズネームは、しばらく沈黙し、こう答えた。

「部下が助けにきてくれる？　そりゃ本当か？　おれの部下たちも、今夜、この山に来ているんだ。もうここへ来るだろう。来たら、まずおれを助けだしてくれて、そのあとで、お前のうえに大きな木をもひとつ乗せるだろう。お前の部下が来る頃には、とうにお前は死んでしまっている。葬式の日には、お悔やみくらいはくれてやるよ」

　グラドウィッツは、口を尖《とが》らせて言った。

「おれは、部下に十分経ったらここへ来いと言ってある。もう来る頃だろう。来たら、今お前が言ったのと同じことをしてやるよ。おれは、お悔やみの手紙は出さないがな！」

「それならおれたちは、どちらかが死ぬまで戦おう。お前のほうに部下がいるなら、こっちにもいる。ここで勝負をつけるなら、邪魔者が来なくていい。早く死ぬがいい！」

「お前こそ、早く死んじまえ！　他人の山林の中に入って猟をする、この泥棒！」

二人とも、すぐ部下が来て、助けてくれると思っていた。助かるのは自分のほうが早いと思っていた。だからあらゆる毒々しい言葉でののしりあった。

だが、しばらくすると、二人とももがいても無駄なことがわかったので、あまり動かなくなった。グラドウィッツは、比較的自由な片手を、上着のポケットに入れて、小さな酒のビンをだした。グラドウィッツは、ビンを出せても、フタを開けて飲むのが一苦労だった。でも、ぐっと一飲みした時の気持ちは格別だった。酒がまわると、いい気持ちになって、苦痛のうなり声をだしているとなりの男が、可哀そうになった。

グラドウィッツは、不意にこんなことを言った。

「この酒を一口飲ましてやろうか。とてもうまい酒だ。今夜のうちに、お前かおれのどちらかが死ぬんだ。一杯飲んだらどうだ？」

「だめだ。おれは目のふちに血が固まって、なにも見えない。それに、敵といっしょに酒を飲むのは嫌だ」

グラドウィッツはしばらく黙って、風の音を聞いていた。そして、時々苦しそうな声を出すとなりの男に目をやった。グラドウィッツは、烈火のように燃えていた憎悪の炎が、だんだん消えてゆくのを感じていた。

「ズネーム、お前の部下が先に来たら、どうにでも勝手にするがいい。しかし、おれは考えを変えた。おれの部下が先に来たら、まずお客様として、お前から先に助けさせて、おれはあとで助けてもらうつもりだ。おれたちは、この土地のことで、みにくく争ってきた。風に吹かれるこの山の木が、曲がりくねって生長するのと同じだ。だが、今、ここに寝転んで考えてみると、じつに馬鹿らしいことだと思えてきた。世の中には、土地のことでケンカをするより、もっと面白いことがたくさんある。どうだね、これからはケンカをやめて、仲良くしようじゃないか」

しかし、ズネームは、返事をしなかった。死んだのではなかろうかと、グラドウィッツは思った。

が、しばらくするとズネームが静かに言った。

「お前と二人で市場を歩いたら、みんながびっくりするだろうな。でも、おれたちが仲直りしたら、山の男たちは喜ぶだろう。もう、仲直りしたって、誰も文句を言ったり、邪魔したりする奴はいないだろうな……祭りの晩には、お前もおれの家へ来てくれ。そのかわり、おれも時々ご馳走《ちそう》になりに行くよ。……もう、これからは、お客として招待された時以外、お前の山の中へ入って猟銃を撃ったりなんかしないよ。長い間、おれはお前を憎み続けてきたが、今夜から心を入れ替えた。お前にもらう、その一杯の酒で、これからは友だちになろう」

しばらく黙ったまま、二人はこの劇的な仲直りがおよぼす、世間の変化を考えていた。そして強い風が吹いて、大木の幹や梢《こずえ》をうならせるこの寒い暗い森のなか、早くどちらかの部下がきてくれと、心に念じていた。もうこうなっては、どちらの部下がきても、両方が助かるのである。でも、やはり、早く来るのが、自分の部下であることをのぞんだ。それは、今までの敵に好意を示すという名誉ある仕事を、自分でしたいからであった。

風がやんだ。沈黙をやぶるようにグラドウィッツが言った。

「二人で声をそろえて呼んでみようじゃないか。今は静かだから、遠くまで聞こえるかもしれない」

「木が邪魔をするから、よほど大きい声をださないと聞こえないかもしれない。でも、呼んでみよう！」

二人はいっしょに大声で呼んだ。

反応がないから、また呼んだ。

呼んだあとで耳をすまして返事を待った。

「なんだか向こうのほうで、返事のようなものが聞こえたぞ」

グラドウィッツが言った。

「風の音だろう。おれにはなにも聞こえなかった」

グラドウィッツは耳を傾けていたが、急に嬉しげな声になって。

「森の向こうから走ってくるのが見える。おれが降りてきたのと同じ坂道を降りてきてる」

また二人で声を合わせ、ありったけの力で叫んだ。

「今の声が聞こえたらしい。よく見えないが、立ち止まって考えているようだ。気づいたみたいだ。こっちにどんどん走ってくる」

グラドウィッツが言った。

「何人いるんだ？」

ズネームが聞く。

「まだよくわからない。九人か十人くらいだと思う」

「それなら、お前の部下だろう。おれのほうは七人しかいないから」

「一生懸命に走ってくれている。元気のいいやつだ」

グラドウィッツは満足らしげに言った。

「やっぱりお前の部下だったか!?」

ズネームが聞いた。

そして、返事がないので、また、「お前の部下か?」と聞いた。

「いや」と答えて、グラドウィッツは、狂ったように笑いだした。それは、恐怖に震えているようでもあった。ズネームは、不安になって聞いた。

「お前の部下じゃないなら、誰が来たんだ?」

グラドウィッツは答えた。

「狼《おおかみ》だ……」


(原作　サキ・翻案　蔵間サキ)

生と死の間で

気がつくと俺は、この暗くて狭い場所に閉じ込められていた。

ここは、いったい、どこだ？　暗くて何も見えない。

記憶をさかのぼってみる。そうだ、俺は、街で車を運転していた。バックミラーにはパトカーが映っている。速度メーターは百五十キロ。追いかけられていたんだ。急カーブが迫ってきたが、パトカーを振り切ろうと、逆にアクセルを踏んで加速した。視界が斜めになり、逆転した。車は横転、そのまま壁に激突して……。

そこで記憶が終わっている。

俺は、死んだのか？　いや、「我おもうゆえに我あり」だ。俺は今、こうして生きている。

ただ、車が百五十キロで横転しながら壁に激突したのだから、死んだと思われても仕方がない。死んだと見なされ、ここに入れられたのだ。ここは、棺桶《かんおけ》の中だ！

このままいくとどうなる？

考えたとたん、急に恐怖が襲ってきた。

冗談じゃない、このままじゃ生きたまま火葬場行きだ。火あぶりなんて、最悪の拷問じゃないか。どこかに出口はないのか？　手さぐりをし、棺桶の壁を蹴って壊そうとしたが、手足がうまく動かない。声を出そうとしても、口も動かないし、声も出ない。

事故で怪我を負ったのだろうか。あるいは両手両足とも失くしてしまったのかもしれない。足元をのぞき込むが、暗くてよく見えなかった。もしかすると、暗いのではなく、視力を失ってしまったのかもしれない。

周りに誰かいないのか。耳を澄ませる。いったい棺桶はどこに置かれているのか、まるで電車が通過中の高架下なみに、雑音がひどかった。

その雑音に紛れて、声が聞こえた。

まったく聞きおぼえのない男の声だった。

「五時間後には終わってますよ……今が朝九時ですから、二時ごろですね」

火葬の話をしているのだろうか。通常、火葬は約一時間。とすれば火葬が始まるのは一時ごろということになる。つづいて、これも聞いたことのない女の声がした。

「あの、上下が逆になっていたのは……」

車が横転した事故現場についての話かもしれない。女は事故の目撃者、男は刑事か葬儀社の人間か。いや、誰でも構うものか。

とにかく俺がここで生きていることを知らせなければならない。大声で助けを呼ぼうとした。だが、声が出ない。事故の衝撃で喉をやられてしまったのだろう。

体中にありったけの力を込めた。すると、わずかに手足が動いた。さらに力を込めて、身体を動かす。頼む、気づいてくれ、俺は生きてるんだ！　早くここから出してくれ‼

すると、また女の声が聞こえた。

「なんだか、さっきから動いているような……」

ようやく気づいてくれたか！　そうだ、俺は生きているんだ、さあ早く棺桶から出してくれ！

必死に動くと、男が言った。

「耳は聞こえていますからね。我々の会話を聞いているのかもしれません」

何だと？　この男は、俺が生きているのをすでに知っていたのか？

「じゃあ、もうすぐだっていうことも？」

「おそらく、わかっているでしょう」

最悪だ、最悪の事態だ。こいつらは俺が生きていることを知っていた。わざと生きたまま火葬にして、俺が苦しんで死んでいくのを見物するつもりなのだ。

俺に相当な恨みを持っている連中であることは、間違いない。一体誰だ？　俺は、俺に恨みを持つ奴の顔を思い浮かべた。だが、途中で断念した。数え切れなかったからだ。

俺はあらゆる悪事を積み重ねてきた。いろんな奴の恨みも買ってきた。一般市民だけではない。対抗する暴力組織を襲撃したこともある。俺を恨んでいる人間なんて、それこそ星の数ほどいるのだ。

男と女の会話は、いつの間にか終わっていた。しかし、女の気配は消えてはいない。見張られているのだ。もう逃げられない。俺は観念した。

観念すると、さっきまで脱出を試みていた自分が、急に馬鹿に思えてきた。苦笑しながら思った。こんな人生の終わり方のほうが、むしろ俺にふさわしいじゃないか。

ほんとうに、ろくでもない人生だった。父親は、俺が生まれる前に他に女をつくって家を出ていったらしい。母親は、俺を産んでからも、男をとっかえひっかえしていた。

母親の交際相手も、全員、クズのような男たちだった。誰もが俺を罵倒し、殴り、蹴った。殴られる俺を、母親は気の毒そうに見つめていたが、決して助けようとはしなかった。

食事も満足に与えられず、いつもきたない格好をしていた。だから小学校ではずっといじめられていた。家にも学校にも居場所がなかった。

世の中の誰も、俺を気にかけてくれはしなかった。親もくそったれ、学校もくそったれ、世の中全部がくそったれだった。

中学で一気にぐれた。そこから先は、もう歯止めがきかなかった。自分で自分を傷つけるように、無謀な悪事を繰り返した。その悪事で、大勢の人間を苦しめてきた。

この火あぶりの刑は、俺がやってきたことの報いだ。大いに苦しんで、のたうち回って、もがき苦しんで死んでやるさ。声は出なかったが、俺は心の中で大笑いした。

突然、棺桶が激しく揺れた。

震度で言えば六か、七か。

身体全体が大波にあおられるような、ものすごい揺れだ。

揺れは、一分ほど続いてようやく収まった。

監視の女が、低くうめいている。

今の地震で怪我をしたのかもしれない。

そこへ、さっきとは別の男の声が聞こえてきた。

「久しぶりだな」

「……お父さん」

と女が応えた。

監視の女の父親であるこの男も、俺の火あぶりショーのギャラリーだろうか。

「痛むのか？」

「……何の用？」

「いや実はな、金が必要なんだよ。十万でいい」

「お金なんて、ない」

「そんなわけないだろ。あのなあ、何も俺は、お前から金をふんだくろうというんじゃないんだぞ。しばらく金を貸してくれないかって、頼んでるんじゃないか」

妙な話になってきたな。棺桶の中の俺をさしおいて、金を貸せ、貸さないの親子喧嘩か。まあいい、メインディッシュが俺のあぶり焼きなら、この会話は前菜ってところだ。

せいぜい味わってやるとしよう。男は続けた。

「なあに、すぐに倍にして返してやるさ。とにかく待ったなしなんだ。親が困っているのに、見捨てる子どもがどこにいるんだ‼　なぁ、誰のおかげで、これまで生活できてたと思ってるんだ？　今、金が必要なんだよ‼」

女はきっぱりと言った。

「お金は渡さない」

「なんでだ」

「このお金は、病院に払うお金なの」

病院？　どういうことだ。

「病院への金なんか、踏み倒せばいいだろう！」

と、男は少しいらいらしたような声で言った。

「だいたい相手の男だって、俺やお前と同じなんだろ？　ろくな人間じゃないんだろ？　だったら生まれる子だってろくでなしだよ。そんなろくでなしを産んでどうするんだ？」

なんだ、女は妊娠中なのか。

「この子は、あたしとは違う。もちろん、お父さんともね」

「あ？」

「お父さんにいじめられて、あたしは道を踏み外した。ぐれたし、どうしようもない生き方を続けてきた。男にだまされて、この子を宿した」

どうやらこの女も、俺と似たような、ろくでもない人生を歩んできたらしい。

「でも、そういうのは、この子には関係ない。この子の未来はこれから決まるの」

そんなもの、うまくいきっこない。

「お前、甘いよ」

そうだ、甘い。

「お前みたいなクズに、子育てなんてできっこない」

男は女を嘲笑うように言った。

そのとおりだ。この男の言うとおり、子育てなんて、無理に決まってる。あんたや俺の親がそうだったように、どうせあんたも、産んだあとで、子どもを見捨てるに違いない。

ただ……頭では男と同じ意見なのに、心は男の言葉に強烈に反発していた。

産んでみなければわからないだろう！　娘が産むって言っているのに、なんで応援しないんだ！　お前はそれでも親か！　それでも人間か！

いつの間にか俺は、自分の危機をすっかり忘れて、棺桶の外の会話に夢中になっていた。我を忘れて男に怒っていた。そんな俺とは対照的に、女は冷静な声で言った。

「お父さんに、口出しをする権利……ううん、ここに来る権利はないわ」

「何だと？」

「……あたし、調べた。お母さんとあたしに暴力を振るったせいで、お父さんには、あたしたちに二度と近づかないようにっていう裁判所の命令が下ってる。本来であればお父さんは、あたしに会う事すらできないはずよ」

悔しそうに、男は叫んだ。

「親に向かって、なんだその言い方は！」

何が親に向かってだ！

「お前のような娘は、お腹の子どもも地獄に落ちろ!!」

お前こそ地獄に落ちろ！

いまや俺は、完全に女の味方だった。男への怒りが頂点に達し、気がつくと腹立ちまぎれに棺桶の壁を思い切り蹴っとばしていた。足が動いた！

その瞬間、女は言った。

「この子も怒ってる。だって今、蹴ったもん」

何……？　どういうことだ？　俺はもう一度、壁を蹴った。

「ほら、また蹴った」

まさか……。

「お父さんと一緒にするなって、お腹の中から、この子は言ってるのよ。あたしだって怒ってる。これ以上つきまとうなら、警察を呼ぶわ」

バタンと、ドアが閉まる音がした。しばらくして、女は言った。

「……ごめんね、びっくりさせて……」

外側から、全身をなでられるのを感じた。

そうか、そういうことだったのか……。

俺は今、この女のお腹の中にいるのだ……。

すべてに合点がいった。棺桶と思っていたのはこの女のお腹の中。さっきの地震は陣痛。俺はどうやら前世の記憶を持ったまま、お腹の中に来てしまったらしい……。

いや、ちょっと待て、さっき「五時間後」と聞こえたが、あれは火葬の時刻ではなく、出産時刻ということかもしれない。あれからもう五時間くらいは経っている。

ということは……俺はもうすぐ生まれるということなのか？

俺は恐怖に襲われた。自分で自分が怖かった。

この女の「父親」が言ったとおり、生まれ変わっても、俺がクズだったとしたら？

また世の中に迷惑をかけてしまう。いや、それよりなにより、今、子どもの誕生を楽しみにしているこの女の人生を、めちゃくちゃにしてしまう。

そんなのは嫌だ、やめてくれ、俺を産まないでくれ、俺はあんたに迷惑をかけたくない、あんたを不幸にしたくない、俺は生まれてはいけないんだ……。

また壁が大きく揺れた。最後の陣痛が始まったのだ。

「さあ、分娩室へ」

という声が聞こえた。ストレッチャーに乗ったのだろう、ガタガタという車輪の振動が伝わってきた。俺は絶望した。もうダメだ、生まれてしまう……。

そこへ、女の声がした。苦しそうに、でも優しく、必死に。

「もうすぐだからね、お母さんがんばる、一生かけてあなたを守る、だから、元気に生まれてきて！」

そっとなでられたのが分かった。

お腹の中の赤ん坊は、羊水に包まれている。同じ水分だから、調べても分からないだろうと思うけど、この時、俺の涙腺は脈打っていた。

こんな俺を、この人は守ると言ってくれている。生まれることに対して、生きていることに対して、初めて前向きになれている自分がいた。

「さあ息を吸って、はい、力を入れて！」
という声に続いて、女のうめく声が聞こえた。
お腹がぎゅっと収縮した。
鼓動が大きく聞こえ始め、それにつれて意識が薄れてきた。
記憶が、消えていくのがわかった。
考えることも……だんだん難しくなってきた……。
きっと、全部忘れちまう……だから、先に言っておく……。
俺、生まれた後、たぶん、いっぱい泣くけど……それって絶対……嬉し泣きだから
……。
生んでくれて……ありがとう……お母さん……。
……………。
……………。
そして、産声は上がった。

（作　吉田順）

葉桜と魔笛

これは、今から三十年以上前、私が、父と妹と三人で暮らしていたときの話です。そのとき、母はすでに亡くなっていました。そして妹も、当時の医学では治すことのできない、重い病気にかかっていました。

父は、いわゆる仕事人間で、口数も少ない不器用な人でした。私や妹に対して、やさしい言葉をかけてくれるわけでも、面倒を見てくれるわけでもありません。お手伝いさんを雇えるほど裕福な家庭ではありませんでしたから、家事と妹の身の回りの世話は、ほとんど私がしておりました。

私は年頃でしたが、家と妹のことで忙しく、自分のことにほとんど手が回りませんでした。まして恋愛など、それまで一度もしたことがありません。それを不満に思ってはいけない、と自分を戒めてもいました。なぜなら妹は、男の人と知り合う機会すらない。その妹の境遇を考えるなら、私が恋愛をするわけにはいかないのだと思っていたのです。

それがある日、私は見つけてしまったのです。

妹のタンスに隠されていた、三十通もの手紙を。

悪いとは思いましたが、なんだか胸騒ぎがして、私はそのうちの一通を読みました。予想通り、それは男性からの熱烈なラブレターでした。

封筒の差出人は一人ひとり違っていました。でもそれは、すべて妹の知り合いの名前でした。おそらく妹は、私や父にばれないように、男性と口裏を合わせて偽名を使わせていたのでしょう。

私は無性に悔しくなりました。妹を不憫《ふびん》に思うからこそ、私もいろいろ我慢していたのです。それなのに、それなのに妹は、私に隠れて、こんな……。

そこへ、偶然にも郵便屋がやってきて、新たな一通を家のポストに入れていきました。筆跡で、同じ男性だと分かりました。

私はその一通を懐に入れ、手紙の束を、消印の古い順番に読み進めました。今まで、この境遇に耐えてきた私の、当然の権利だと思っていたのです。

ところが読み進むにつれて、私の気持ちはどんどん変化していきました。手紙の内容の雲行きが、少しずつ怪しくなっていったからです。

初めは、男性から妹への思いが、赤裸々につづられていました。その文面には、読んでいるこちらが恥ずかしくなるほどに、愛があふれていくのです。

その愛が、最近のものになるにしたがってしぼんでいくのです。男性の気持ちがどんどん離れていく様子が、その文面から手に取るようにわかりました。

私は懐から、先ほど届いたばかりの一通を取り出しました。そこにはこんなことが書かれていました。

「僕には、君を愛する資格などない。別れてください」

読み終えた瞬間、私は反射的に、その手紙を破り捨てていました。

こんなものを読ませるわけにはいかない。妹は、もう長く生きられない身です。神様に見捨てられてしまった身なのです。

その妹が、なんで男性からも見捨てられなければならないのでしょうか。妹がかわいそうでなりませんでした。さっきまでの嫉妬や怒りは、もうどこかへ消えていました。私の心は今や、妹への同情でいっぱいになっていました。

どうすれば、妹の心を慰められるか。文面から、手紙の差出人である男性と妹は、文通だけの関係であることがわかりました。そこで私は、一計を案じたのです。

その晩のこと。服を着替えさせようと妹の部屋を訪れた私に、妹は言いました。

「姉さん、さっき枕元に届けていただいた手紙なんだけど……」

「うん」

「なんだか、私にはよくわからないの。ちょっと読んでもらえないかしら？」

私は、妹が急に憎たらしく思えました。その文面は、最初の手紙と同じような、熱烈なラブレターです。なぜ知っているかと言えば、私が書いたものだからです。

筆跡は、完璧に似せました。妹は、男からの手紙だと信じ切っているはずです。なのに私に、読ませようとする。きっと、男からのラブレターを自慢するためでしょう。

人の気も知らないで。でも、そんなことは口が裂けても言えません。

「読んでいいのね」

私は何食わぬ顔で、自分が書いた手紙を読み始めました。

「しばらく手紙を出さずにいて、ごめんなさい。実は、自分の無能さや無力さをずっと悩んでいたのです。あなたをこんなに愛しているというのに、僕はあなたに何もしてあげられない。それが苦しくて、つらくて、あなたと別れようとさえ思い詰めていたのです」

ここまでは最後の一通の書き出しと同じ文面でした。そしてここからが、私が妹のために書いた、私の創作です。

「でも、それが間違いだと気づきました。完璧な人間なんていない。無力な僕でも、できることがあるのだと、思い直しました。僕はもう逃げません。僕はあなたを愛しています。これからも手紙を送ります」

ここで終わらせてもよかったのだけれど、私はもう一文、書き添えました。

「それから、毎日、お庭の外で口笛を吹いてお聞かせしましょう」

口笛は、私が自分で吹こうと考えていました。吹ける曲がいくつかありました。母が亡くなる前、母のかわりに私たち姉妹をあやそうとして、父が吹いてくれていたのです。数少ない、優しい父の思い出です。

「僕は、あなたをずっと愛し続けます。永遠の愛をこめて　M・Tより」

最後の一文は、妹に来た最初の手紙から拝借しました。信ぴょう性をもたせるためです。

読み終えてから、私は妹に尋ねました。

「知らなかったわ。あなた、おつき合いしている方がいたのね。でも、この手紙のどこがわからないの？」

するとと妹は言いました。

「姉さん、この手紙、姉さんが書いたんでしょ」

私は絶句しました。しばらくの沈黙がありました。

私の緊張が伝わったせいか、廊下のきしむ音が聞こえたような気がしました。

やがて妹は言いました。

「私、知っている。姉さんが、タンスの手紙を読んだことも」

あまりの恥ずかしさに、何も言葉が出てきません。なぜ妹にばれたのでしょう。手紙はきちんと元通りに戻したし、筆跡もまったく同じに書けた自信があったのに。

何も言えずとまどっていると、妹は意外なことを言いました。

「ありがとう、姉さん。実は、私も姉さんに黙っていたことがあるのよ」

黙っていたこと？

「あの私宛の手紙なんだけど、あれ、全部、私が自分で書いたものなの」

妹は言いました。自分には青春がなかった。青春を謳歌したかった。文通でいいから、恋愛もしてみたかった。だから自分で男になりすまし、自分にラブレターを書いたのだと。

「でも、こんなの馬鹿げていたって、今になって思うの。どうせ死んでしまうのだから、私、もっと自由に生きればよかった。がまんして、おかげで姉さんまで看病に巻き込んで、がまんさせてしまって。私、馬鹿だった。ごめんね、姉さん。ごめんなさい……」

妹の瞳から、涙がこぼれていました。

「もういいの、もういいのよ」

私は妹をしっかりと抱きしめました。妹の感じている悲しみや、死んでしまうことへの恐怖や、嘘がばれた恥ずかしさ……それらがいっぺんに、私の胸にもあふれました。

私は、妹のやせた頰にぴったりと自分の頰を重ねて、ただ涙が出るのに任せていました。

その時、意外なことが起こりました。家の外から、低く、かすかに、口笛が聞こえてきたのです。手紙の男性の口笛でしょうか？　私たちはどうかしてしまったのでしょうか？

いいえ、違います。口笛の音色は、私たちにとってとても懐かしいものでした。おそらく口笛の主は、私と妹の会話を、部屋の前で聞いたのでしょう。

廊下がきしんだのも、きっとその人のせい。私たち姉妹にとっての平和な辻褄《つじつま》を合わせるために、口笛の主は急いで庭に出て、口笛を吹きはじめたに違いありません。

妹が目に涙を浮かべながら、私に微笑みかけました。私も涙ぐみながら、微笑み返しました。そんな私たち二人を、父の口笛が、あたたかく、やさしく包み込んでいました。

（原作　太宰治・翻案　吉田順）

医者と患者

ビジネス街のほど近くにある心療内科。

ここには、心に悩みを抱えた多くの患者が訪れる。午前中だけ診療している今日土曜日も、すべての時間が予約で埋まっている。

医師の懇切丁寧なカウンセリングと適切な処方により、訪れた患者は皆、「症状が快方に向かった」と口をそろえる、人気クリニックなのだ。

前の患者の診察が終わり、次の患者の名前がアナウンスされる。

診察室のドアが開き、「青白い」としか形容できないような顔色をした男性患者が静かに入室し、医師にすすめられるままに椅子《いす》に腰かけた。初診の患者であった。

医師が、問診票を見ながら患者に尋ねる。

「ずっと不安な気持ちが続くということですが、詳しくお聞かせいただけますか？」

医師にうながされた患者は、堰《せき》を切ったように話し出す。

「不安なんです。何をしても自分の判断したことが間違っている気がして。誰かが、私がミスしたことを笑ったり、怒ったりしている気がして、夜も眠れないんです……」

医師は、患者の話をただ聞いているだけではなかった。話をするときの声のトーン、スピード、話すときのしぐさや目の動き……それらを総合的に分析して診断し、薬を処方するのである。医師は、患者の話をさえぎることなく、深くうなずきながら最後まで聞くと、やわらかな口調で語りかけた。

「今までかかられた病院では、的確な診断を受けられなかった、ということですね？」

そして、口調を、力強く安心感を与えるものに変えて続けた。

「……ご安心ください。私はこれまでに、同じような症例を何例も診てきましたから、どのようにアドバイスし、どのような薬を処方すればよいのかもわかります。あなたの症状は、必ず改善します」

医師の言葉を何一つ聞き逃すまいとするように、患者は、メモを取りながら聞いている。彼の顔には、少しずつ明るさが戻っているようだった。

「先生の診察を受けて、胸のつかえが取れた気持ちです。ありがとうございました！」

そう言うと、入ってきたときとはまったく違う足どりで、患者は診察室を出ていった。

——一応、「何かあったら、また来てください」と伝えたが、あの様子なら大丈夫だろう。

医師は安心し、次の患者の名前をアナウンスした。

＊

月曜日の午前中、看護師に名前を呼ばれた患者が診察室に入ってきた。

——この患者は、先週も来院した患者だ。また来たということは、やはり症状が改善しなかった、ということなのだろうか？

医師は、患者に聞いた。

「二度目のご来院ですよね？　症状は、改善しませんでしたか？」

患者は、黙ってこくりとうなずいた。

「念のため、もう一度、症状をお教えいただけませんか？」

患者がうなだれたまま、それでも助けを乞うように話し出す。

「不安なんです。何をしても自分の判断したことが間違っている気がして。誰かが、私がミスしたことを笑ったり、怒ったりしている気がして、夜も……」

「わかりました、わかりました。もう大丈夫です」

医師は、患者の言葉を途中でさえぎると、自信たっぷりに言った。

「あなたのご病気は、実はなかなか珍しくて、根本的な原因を見極めることが難しいんです。でも、先週お出しした薬でも改善しなかった、ということで、ようやくはっきりしました。もうご安心ください……」

そして、症状を改善する方法をアドバイスし、処方する薬について、丁寧に説明した。それを聞く患者の顔が、みるみる明るくなっていくのがわかる。

「実は、先週の診察で言われたこと、あまり自分にはしっくりこなかったんです。でも、今日の先生の診察で、胸のつかえが取れた気分です。本当に有難うございました」

そう言うと、患者は、入ってきたときとはまったく異なる足どりで診察室を出ていった。

患者に、「お大事に」と声をかけ、扉を閉めると、看護師が医師に言った。

「よかったです。あの患者さん、今にも死んでしまいそうな様子でしたから……」

医師が、看護師の言葉を引き取るように続けた。

「本当だよ。『何をしても自分の判断したことが間違っている気がして。誰かが、私がミスしたことを笑ったり、怒ったりしている気がして、夜も……』なんて言ってたけど、まぁ、私にかかれば、たわいもない病気さ」

看護師が、医師のその口ぶりに対して、ちょっと驚いたような表情で言った。

「先生、何かいいことがあったんですか？　今日の先生、いつもより自信にあふれて楽しそう……。でも、さっきみたいなのは、やめたほうがいいですよ」

「さっきみたいなのって？」

声のボリュームを落とし、看護師は、心配するような口調で言った。

「先生のさっきの言い方、あの患者さんの物真似ですよね。そういうの不謹慎ですし、誰かに聞かれたら問題になりますからね」

注意された医師は、「はいはい」と答えながらも、言い訳するように続けた。

「優秀な医者っていうのはね、患者の話の内容をただ聞いているんじゃないんだよ。話をする声のトーンやスピード、話すときのしぐさや目の動きなどを参考にしながら、総合的に判断するんだ。だから、そういう部分もちゃんと表現してあげないと、医者は診断できないだろ？」

看護師は、きょとんとした表情をしていた。それは、無理もないことだった。医師が患者の物真似をすることと、医師の今の言葉がどうつながるのか分からなかったからだ。その様子を見た医師は思った。

——わからなくてもいいことだ。いや、わからないほうがいい。

そして、先週土曜日のことを思い浮かべた。

——それにしても、私の患者の病気の対処法だけではなく、自分自身の診断に自信が持てず、不安を抱えていた私にも「自信」を与えるんだから、やはり、あのビジネス街の近くにあるクリニックの医師は名医なんだろうな。

（作 桃戸ハル・井口貴史）

閻魔《えんま》大王の裁き

ここは閻魔大王の裁判所。死者は皆、この裁判所に送られる。ここで大王に、生前の行いを裁かれ、魂がどの世界に行かされるのかが決まるのだ。大罪を犯していれば「地獄道」、善い行いをしていれば「天道（天国）」に行くのだが、それ以外にも様々な行き先がある。

今日も、大王の前に一人の男が立たされ、尋問を受けていた。

「お前は、生前、平気で嘘をつき、多くの人間から金銭を騙《だま》しとったようだが、そのことに間違いはないか？」

大王が、男に問いかける。しかし、それは形式的なものに過ぎない。

なぜなら、大王が手に持っている閻魔帳には、男の生前の行いがすべて記されているからだ。どんなに上手《じょうず》に嘘をついたとしても、閻魔帳や魔鏡によって、その嘘は必ず見破られてしまうのだ。

閻魔大王は、嘘を決して許しはしなかった。嘘をついた人間は、獄卒《ごくそつ》とよばれる鬼たちに身体を押さえつけられ、二度と声を出せないよう、舌を抜かれることになる。

閻魔大王に問われた男は、顔色ひとつ変えずに平然と言ってのけた。

「ああ、間違いないね。俺の言葉を信じて、愚かな連中たちは、俺に金を預けた。馬鹿が金を持っていてもしょうがないから、俺が代わりに使ってやっただけのことさ」

それからしばらく、男は淡々と質問に答え続けた。そして、閻魔大王が、「最後の質問だが」と前置きをして言った。

「お前は、何のためにお金を騙しとっていたんだ？　いや、言い換えよう。誰のために、そのお金を使っていたんだ？　もし、その『誰か』が、お金の出所を知っていてお前からお金をもらっていたなら、その者が死んでこの法廷にきたとき、しかるべき裁きをくださねばならないからな」

それを聞いた男は、はじめて、声を荒らげて言った。

「だから、最初に言っただろ？　愚か者がお金を持っていることが腹立たしいから、金を奪ってやっただけだ。あいつらが泣く姿を見て、笑ってやりたかったんだ！『誰のため』？　そんなの、『俺のため』に決まっているだろ！」

閻魔大王が、側に仕えていた獄卒たちに目で合図する。獄卒たちは、両脇から男を押さえる。男は抵抗することができない。獄卒たちは、強い力で男の口をこじあけると、ためらうことなく、男の舌を引き抜いた。そして、彼らは、閻魔大王の指示する世界に男を送りこんだ。

死者の行く世界には、六つの「道」がある。最も過酷なのが「地獄道」で、最も安楽なのが「天道」だが、それ以外にも四つの「道」がある。男が送られたのは「人間道」、すなわち「人間が暮らす世界」であった。

人間道もまた、「苦しみ」や「悩み」に満ちた世界なのだ。

人間道で生まれ変わった男の様子を、閻魔大王と一緒に魔鏡で見ていた大王の部下が言った。

「大王様は、お優しいですね。あの男を、『人間道』に送るなんて。せめて、『畜生道』か『餓鬼道』だったのではないですか？」

「あの男が他人を騙して金を奪っていたのは、恵まれない子どもたちの施設にお金を渡すためだったんだ。だが、あの男は、正直にそれを言うと、子どもたちも私に裁かれると思って、最後にまた嘘をついたんだろう。ただ、目的はどうあれ、罪を犯してよいわけではない。それに、あの男は、私の前で嘘をついた。嘘をついたら舌を抜く――それが決まりだ」

そのとき、魔鏡をのぞき込んでいた部下が不思議そうに、大王に聞いた。

「しかし、変ですね。舌を抜かれたはずなのに、あの男、人間道で、ふつうにしゃべることができていますよ？　舌を抜かれたらしゃべれないはずでは？」

閻魔大王は、お地蔵様のような微笑《ほほえ》みをたたえて答えた。

「あの男、前世では、他人を騙す嘘つき――つまり、二枚舌だったんだから、一枚舌を抜かれても大丈夫なんだろう。むしろ、舌を一枚抜かれて、新しい人生を正直に生きるだろうさ」


（作　M・G・ロー）

本書は、学研から発行されている「5分後に意外な結末」シリーズの一部を、改変、再編集し、新たに書き下ろしを加えたものです。

|編著者| 桃戸ハル　東京都出身。あくせくと、執筆や編集にいそしむ毎日。ぢっと手を見る。生命線だけが長くてビックリ。『５秒後に意外な結末』『５分後に恋の結末』などを含む、「５分後に意外な結末」シリーズの編著や、『ざんねんな偉人伝　それでも愛すべき人々』『ざんねんな歴史人物　それでも名を残す人々』の編集など。三度の飯より二度寝が好き。
https://gakken-ep.jp/extra/5fungo/

５分後《ふんご》に意外《いがい》な結末《けつまつ》　ベスト・セレクション

桃戸《ももと》ハル 編・著

講談社文庫
定価はカバーに
表示してあります

2019年10月16日第１刷発行
2021年４月22日第13刷発行

発行者――鈴木章一
発行所――株式会社　講談社
東京都文京区音羽2-12-21　〒112-8001
電話　出版（03）5395-3510
　　　販売（03）5395-5817
　　　業務（03）5395-3615

デザイン―菊地信義
本文データ制作―講談社デジタル製作
印刷―――豊国印刷株式会社
製本―――株式会社国宝社

Printed in Japan

ISBN978-4-06-517383-1

講談社文庫刊行の辞

二十一世紀の到来を目睫に望みながら、われわれはいま、人類史上かつて例を見ない巨大な転換期をむかえようとしている。

世界も、日本も、激動の予兆に対する期待とおののきを内に蔵して、未知の時代に歩み入ろうとしている。このときにあたり、創業の人野間清治の「ナショナル・エデュケイター」への志を現代に甦らせようと意図して、われわれはここに古今の文芸作品はいうまでもなく、ひろく人文・社会・自然の諸科学から東西の名著を網羅する、新しい綜合文庫の発刊を決意した。

激動の転換期はまた断絶の時代である。われわれは戦後二十五年間の出版文化のありかたへの深い反省をこめて、この断絶の時代にあえて人間的な持続を求めようとする。いたずらに浮薄な商業主義のあだ花を追い求めることなく、長期にわたって良書に生命をあたえようとつとめるところにしか、今後の出版文化の真の繁栄はあり得ないと信じるからである。

同時にわれわれはこの綜合文庫の刊行を通じて、人文・社会・自然の諸科学が、結局人間の学にほかならないことを立証しようと願っている。かつて知識とは、「汝自身を知る」ことにつきていた。現代社会の瑣末な情報の氾濫のなかから、力強い知識の源泉を掘り起し、技術文明のただなかに、生きた人間の姿を復活させること。それこそわれわれの切なる希求である。

われわれは権威に盲従せず、俗流に媚びることなく、渾然一体となって日本の「草の根」をかたちづくる若く新しい世代の人々に、心をこめてこの新しい綜合文庫をおくり届けたい。それは知識の泉であるとともに感受性のふるさとであり、もっとも有機的に組織され、社会に開かれた万人のための大学をめざしている。大方の支援と協力を衷心より切望してやまない。

一九七一年七月

野間省一

諸田玲子　其《そ》の一《いち》日《にち》
諸田玲子　森家の討ち入り
森　達也　「自分の子どもが殺されても同じことが言えるのか」と叫ぶ人に訊きたい
森　達也　すべての戦争は自衛から始まる
本谷有希子　腑抜けども、悲しみの愛を見せろ
本谷有希子　江利子と絶対〈本谷有希子文学大全集〉
本谷有希子　あの子の考えることは変
本谷有希子　嵐のピクニック
本谷有希子　自分を好きになる方法
本谷有希子　異類婚姻譚
本谷有希子　静かに、ねぇ、静かに
茂木健一郎　「赤毛のアン」に学ぶ幸福《しあわせ》になる方法
茂木健一郎 with ダイアログ・イン・ザ・ダーク　まっくらな中での対話
森川智喜　キャットフード
森川智喜　スノーホワイト
森川智喜　一つ屋根の下の探偵たち
森林原人　セックス幸福論〈偏差値78のAV男優が考える〉
桃戸ハル編・著　5分後に意外な結末〈ベスト・セレクション〉
桃戸ハル編・著　5分後に意外な結末〈ベスト・セレクション　黒の巻・白の巻〉
森　功　高倉健〈隠し続けた七つの顔と「謎の養女」〉
山田風太郎　甲賀忍法帖〈山田風太郎忍法帖①〉
山田風太郎　伊賀忍法帖〈山田風太郎忍法帖③〉
山田風太郎　忍法八犬伝〈山田風太郎忍法帖④〉
山田風太郎　風来忍法帖〈山田風太郎忍法帖⑪〉
山田風太郎　新装版 戦中派不戦日記
山田正紀　大江戸ミッション・インポッシブル〈顔役を消せ〉
山田正紀　大江戸ミッション・インポッシブル〈幽霊船を奪え〉
山田詠美　晩年の子供
山田詠美　A《エイ》2《トウ》Z《ズイ》
山田詠美　珠玉の短編
柳家小三治　ま・く・ら
柳家小三治　もひとつま・く・ら
柳家小三治　バ・イ・ク
山口雅也　垂里冴子のお見合いと推理
山本一力　深川黄表紙掛取り帖
山本一力　牡丹酒〈深川黄表紙掛取り帖(二)〉
山本一力　ジョン・マン1　波濤編
山本一力　ジョン・マン2　大洋編
山本一力　ジョン・マン3　望郷編
山本一力　ジョン・マン4　青雲編
山本一力　ジョン・マン5　立志編
椰月美智子　十二歳
椰月美智子　しずかな日々
椰月美智子　ガミガミ女とスーダラ男
椰月美智子　恋愛小説
柳　広司　キング&クイーン
柳　広司　怪談
柳　広司　ナイト&シャドウ
柳　広司　幻影城市
柳　広司　風神雷神(上)(下)
薬丸　岳　天使のナイフ
薬丸　岳　闇の底
薬丸　岳　虚夢
薬丸　岳　刑事のまなざし
薬丸　岳　逃走
薬丸　岳　ハードラック
薬丸　岳　その鏡は嘘をつく

講談社文庫　目録

薬丸　岳　刑事の約束
薬丸　岳　Aではない君と
薬丸　岳　ガーディアン
薬丸　岳　刑事の怒り
矢野龍王　箱の中の天国と地獄
山崎ナオコーラ　論理と感性は相反しない
山崎ナオコーラ　可愛い世の中
山田芳裕　へうげもの　一服
山田芳裕　へうげもの　二服
山田芳裕　へうげもの　三服
山田芳裕　へうげもの　四服
山田芳裕　へうげもの　五服
山田芳裕　へうげもの　六服
山田芳裕　へうげもの　七服
山田芳裕　へうげもの　八服
山田芳裕　へうげもの　九服
山田芳裕　へうげもの　十服
山田芳裕　へうげもの　十一服
山田芳裕　へうげもの　十二服

矢月秀作　A《ア》C《ク》T《ト》〈警視庁特別潜入捜査班〉
矢月秀作　A《ア》C《ク》T《ト》2　告発者〈警視庁特別潜入捜査班〉
矢月秀作　A《ア》C《ク》T《ト》3　掠奪〈警視庁特別潜入捜査班〉
矢野　隆　清正を破った男
矢野　隆　我が名は秀秋
矢野　隆　戦《いくさ》始末
矢野　隆　乱
山本　弘　僕の光輝く世界
山内マリコ　かわいい結婚
山本周五郎　さ　ぶ〈山本周五郎コレクション〉
山本周五郎　白石城死守〈山本周五郎コレクション〉
山本周五郎　完全版 日本婦道記(上)(下)〈山本周五郎コレクション〉
山本周五郎　戦国武士道物語　死《し》處《しょ》〈山本周五郎コレクション〉
山本周五郎　戦国物語　信長と家康〈山本周五郎コレクション〉
山本周五郎　幕末物語　失　蝶　記〈山本周五郎コレクション〉
山本周五郎　逃亡記 時代ミステリ傑作選〈山本周五郎コレクション〉
山本周五郎　家族物語　おもかげ抄〈山本周五郎コレクション〉
山本周五郎　繁《しげ》　あ　ね〈美しい女たちの物語〉
山本周五郎　雨　あ　が　る〈映画化作品集〉

柳田理科雄　スター・ウォーズ 空想科学読本
柳田理科雄　MARVEL マーベル空想科学読本
靖子靖史　空《くう》色《しき》カンバス〈瑞空寺《ずいくうじ》凸凹《でこぼこ》縁起《えんぎ》〉
安本由佳／山本理沙　不機嫌な婚活
山中伸弥／平尾誠二・惠子　友　情〈平尾誠二と山中伸弥「最後の約束」〉
夢枕　獏　大江戸釣客伝(上)(下)
唯川恵　雨　心　中
行成　薫　ヒーローの選択
行成　薫　バイバイ・バディ
行成　薫　スパイの妻
柚月裕子　合理的にあり得ない〈上水流《かみづる》涼子《りょうこ》の解明〉
吉村　昭　私の好きな悪い癖
吉村　昭　吉村昭の平家物語
吉村　昭　暁　の　旅　人
吉村　昭　新装版 白い航跡(上)(下)
吉村　昭　新装版 海も暮れきる
吉村　昭　新装版 間　宮　林　蔵
吉村　昭　新装版 赤　い　人
吉村　昭　新装版 落日の宴(上)(下)

吉村　昭　白い遠景
横尾忠則　言葉を離れる
吉田ルイ子　ハーレムの熱い日々
吉川英明　新装版 父 吉川英治
吉村葉子　お金がなくても平気なフランス人 お金があっても不安な日本人
米原万里　ロシアは今日も荒れ模様
横山秀夫　半落ち
横山秀夫　出口のない海
吉田修一　日曜日たち
吉本隆明　真贋
吉本隆明　フランシス子へ
横関　大　再会
横関　大　グッバイ・ヒーロー
横関　大　チェインギャングは忘れない
横関　大　沈黙のエール
横関　大　ルパンの娘
横関　大　ルパンの帰還
横関　大　ホームズの娘
横関　大　ルパンの星

横関　大　スマイルメイカー
横関　大　K2 〈池袋署刑事課 神崎・黒木〉
横関　大　炎上チャンピオン
吉川永青　誉れの赤
吉川永青　裏関ヶ原
吉川永青　化け札
吉川永青　治部の礎《いしずえ》
吉川永青　老侍
吉川永青　雷雲の龍 〈会津に吼える〉
好村兼一　兜割源三郎 〈玄冶店密命始末〉
吉村龍一　光る牙
吉村龍一　隠された牙 〈森林保護官 樋口孝也の事件簿〉
吉川トリコ　ぶらりぶらこの恋
吉川トリコ　ミドリのミ
吉川英梨　波動 〈新東京水上警察〉
吉川英梨　烈渦 〈新東京水上警察〉
吉川英梨　朽《く》海《かい》の城 〈新東京水上警察〉
吉川英梨　海底の道化師 〈新東京水上警察〉
吉川英梨　月《げつ》下《か》蝋《ろう》人《じん》 〈新東京水上警察〉

薬丸岳／竹吉優輔／高野文緒／横関大／遠藤武文／翔田寛　デッド・オア・アライヴ
隆　慶一郎　花と火の帝 (上)(下)
隆　慶一郎　時代小説の愉しみ
隆　慶一郎　新装版 柳生刺客状
隆　慶一郎　見知らぬ海へ 〈レジェンド歴史時代小説〉
梨　沙　華《はな》鬼《おに》
梨　沙　華鬼 2
梨　沙　華鬼 3
梨　沙　華鬼 4
リレーミステリー　宮辻薬東宮
連城三紀彦　女王 (上)(下)
連城三紀彦 著／綾辻行人／伊坂幸太郎／小野不由美／米澤穂信 編　連城三紀彦 レジェンド 〈傑作ミステリー集〉
連城三紀彦 著／綾辻行人／伊坂幸太郎／小野不由美／米澤穂信 編　連城三紀彦 レジェンド2 〈傑作ミステリー集〉
令丈《れいじょう》ヒロ子 原作・文　吉田玲子 脚本　小説 若おかみは小学生! 〈劇場版〉
渡辺淳一　失楽園 (上)(下)
渡辺淳一　男と女
渡辺淳一　泪《なみだ》壺《つぼ》
渡辺淳一　秘すれば花
渡辺淳一　化粧 (上)(下)

講談社文庫　目録

渡辺淳一　あじさい日記(上)(下)
渡辺淳一　熟年革命
渡辺淳一　幸せ上手
渡辺淳一　新装版 雲の階段(上)(下)
渡辺淳一　麻酔〈渡辺淳一セレクション〉
渡辺淳一　阿寒に果つ〈渡辺淳一セレクション〉
渡辺淳一　何処《いずこ》へ〈渡辺淳一セレクション〉
渡辺淳一　光と影〈渡辺淳一セレクション〉
渡辺淳一　花《はな》埋《うず》み〈渡辺淳一セレクション〉
渡辺淳一　氷紋〈渡辺淳一セレクション〉
渡辺淳一　長崎ロシア遊女館〈渡辺淳一セレクション〉
渡辺淳一　遠き落日(上)(下)〈渡辺淳一セレクション〉
輪《わ》渡《たり》颯介　古道具屋 皆塵堂
輪渡颯介　猫除け 古道具屋 皆塵堂
輪渡颯介　蔵盗み 古道具屋 皆塵堂
輪渡颯介　迎え猫 古道具屋 皆塵堂
輪渡颯介　祟《たた》り婿《むこ》 古道具屋 皆塵堂
輪渡颯介　影憑《つ》き 古道具屋 皆塵堂
輪渡颯介　夢の猫 古道具屋 皆塵堂
輪渡颯介　溝猫《どぶねこ》長屋 祠之怪《ほこらのかい》
輪渡颯介　優しき悪霊〈溝猫長屋 祠之怪〉
輪渡颯介　欺き童霊《わらしれい》〈溝猫長屋 祠之怪〉
輪渡颯介　物の怪斬り〈溝猫長屋 祠之怪〉
輪渡颯介　別れの霊祠〈溝猫長屋 祠之怪〉
若杉冽　原発ホワイトアウト
綿矢りさ　ウォーク・イン・クローゼット
和久井清水　水際のメメント〈きたまち建築事務所のリフォームカルテ〉
若菜晃子　東京甘味食堂

2021年3月12日現在